Hermann Frommann

Arthur Schopenhauer

Drei Vorlesungen

Hermann Frommann

Arthur Schopenhauer
Drei Vorlesungen

ISBN/EAN: 9783744632744

Hergestellt in Europa, USA, Kanada, Australien, Japan

Cover: Foto ©Raphael Reischuk / pixelio.de

Weitere Bücher finden Sie auf **www.hansebooks.com**

Arthur Schopenhauer.

Drei Vorlesungen

von

Dr. Hermann Frommann.

Jena,
Druck und Verlag von Friedrich Frommann.
1872.

Vorwort.

Der Abdruck der folgenden Vorlesungen hat den Zweck, über die Grenzen der dem Verfasser persönlich zugänglichen Kreise hinaus die Lust zur näheren Bekanntschaft mit einem Schriftsteller zu erwecken, der zwar längst einer schmählichen Obskurität entzogen, aber doch aus seinen eigenen Schriften viel weniger bekannt ist, als er verdiente, während sein keinem Gebildeten mehr fremder Name theils mit abgöttischer Verehrung genannt, theils als Popanz verabscheut wird. In manchen Kreisen gefällt man sich seit längerer Zeit darin, mit einer gewissen Schadenfreude auf den überwundenen Standpunkt der Schopenhauerei herabzusehn. Ich habe nichts gegen diesen Ausdruck einzuwenden, wenn man damit nur die gedankenlosen Nachahmer bezeichnen will, welche ihren kleinen persönlichen Jammer durch abgerissene Fetzen aus den Schriften des berühmten Pessimisten zum herzzerreißenden Schmerzensschrei einer großartig düsteren Weltanschauung aufkratzen wollen. Diese Weltanschauung selbst aber wird so wenig veralten wie die unleugbaren Übel der Welt, in deren einseitiger, aber glänzender Darstellung die stilistische Kunst Sch.'s gipfelt. Vorliegendes Schriftchen ist nicht der erste Versuch, mit unserem Philosophen denjenigen Theil des Publikums bekannt zu machen, der bei regem Interesse für die wichtigsten Fragen unseres fragwürdigen Daseins und bei gebildetem Geschmack für eine schöne Form sich bisher von dem dicken Volumen der Hauptwerke Sch.'s abschrecken ließ oder von dem herrschenden Vorurtheil gegen jede Art der Metaphysik. So denunzirten ihn die

Einen wegen seiner klaren, glänzenden und deßhalb gemein verständ= lichen Darstellung als Dilettanten, während er den Andern wegen der Schwierigkeit des Stoffs noch lange nicht populär genug war; das gemeinsame Schicksal aller Derer, die sich den herrschenden Schab= lonen und Schulen nicht anzuschließen vermögen, sondern mit ihrer eigen= artigen Persönlichkeit eine Gattung für sich bilden. Während man nun jenen Zweck bisher theils durch eine Zusammenstellung schöner Stellen, die ohne innern Zusammenhang den rechten Eindruck ver= fehlen, theils durch eine populäre Darstellung der Hauptlehren Sch.'s zu erreichen suchte, habe ich es versucht, beide Methoden möglichst zu vereinigen und die zerstreuten Diamanten von Sch.'s Diktion im Sinne seines Systems zusammenzustellen.

Die biographische Zugabe ist nicht durch wesentliche neue Quel= len veranlaßt worden; nur aus der kurzen Zeit, wo Sch.'s Lebens= weg vorübergehend das Frommann'sche Haus berührte, standen mir einige bisher noch ungedruckte Dokumente zu Gebote, Dokumente, aus denen wenigstens hervorgeht, daß Sch.'s Abneigung gegen Hegel älteren Datums ist als die ihm von demselben in Berlin gemachte gefährliche Concurrenz, und daß er nicht, wie ihm vorgeworfen worden ist, von Haus aus jeder patriotischen Empfindung entbehrte. Außer= dem dürften die bisher erschienenen Biographien, deren Inhalt ich benutzt, manchem der etwaigen Leser ebenso unbekannt sein als den Zuhörern der ursprünglich nicht für den Druck bestimmten Vorlesungen. Auch gab mir das Leben des Philosophen bequeme Gelegenheit, seine Ansichten über die verschiedensten Verhältnisse, soweit sie nicht im Referat über das Hauptwerk untergebracht werden konnten, in einem gewissen, wenn auch nur äußerlichen, Zusammenhange aufzuführen.

Endlich war es mir ein Herzensbedürfniß, öffentlich Zeugniß ab= zulegen von der Dankbarkeit, zu der ich mich gegen den meistverläum= deten der Philosophen verpflichtet fühle wegen der mir durch ihn zu Theil gewordenen geistigen Anregung. Ist doch nächst der Liebe die geistige Anregung das Beste, was ein Mensch dem andern geben kann. Und außer Plato wüßte ich keinen Philosophen, dem ich in dieser Beziehung soviel verdankte als gerade Schopenhauer. Die Zeit ist freilich längst vorüber, wo ein derartiges testimonium pietatis ihm allenfalls seiner Seltenheit wegen von Werth sein konnte. Doch ist durch mehrfache Äußerungen bezeugt, daß er noch später, nachdem er bereits berühmt geworden war, nicht unempfindlich gewesen ist auch gegen solche Beweise der Anerkennung, die von unscheinbarer Seite an ihn herantraten. So mögen denn die Manen des großen Mannes dieses kleine papierene Dankopfer gnädig entgegennehmen; denn wenn dasselbe auch nicht viel Neues enthält und der beste Theil seines Inhaltes ihm selber gehört, so ist es doch ein neuer Beleg für die Richtigkeit seiner Lehre, daß der Wille stärker sei als der Intellekt.

Jena, Herbstferien 1871.

Hermann Frommann,
Doktor der Philosophie.

Erste Vorlesung:
Schopenhauer's Jugend.

Motto: Ce n'est pas un philosophe comme les autres,
c'est un philosophe, qui a vu le monde.
Revue contemporaine.

Hochgeehrte Versammlung!

Man sagt dem König Friedrich Wilhelm III. von Preußen nach, er habe es nicht begreifen können, daß die Leute in's Theater gingen, um Tragödien zu sehen, da sie doch in ihrer eigenen Häuslichkeit mit diesem Artikel hinreichend versorgt seien. Ich darf wohl voraussetzen, daß Sie den ästhetischen Geschmack jenes königlichen Verächters der tragischen Muse nicht unbedingt theilen; sonst würde ich es kaum wagen, zu Ihnen von einem Manne zu reden, der auf seine Philosophie wie Dante auf das Portal seiner Hölle die Inschrift hätte setzen können: „Laßt die Hoffnung draußen." Denn allerdings schildert uns Schopenhauer die Welt als eine Hölle und den glücklichsten Menschen nennt er Den, welchem es gelungen sei, darin für seine Person eine feuerfeste Stube zu erwerben. Es ist kein Wunder, daß eine so düstere Lebensanschauung seiner Popularität im Wege gestanden hat und noch steht. Es ist weit angenehmer, sich durch die holde Phantasie liebenswürdiger Künstler und Dichter über den Jammer des Daseins in eine ideale Welt wegzaubern zu lassen als an der Hand des Philosophen die Dinge und Menschen zu sehen, wie sie sind. Aber die Paradiese der Poesie halten nicht Stich gegen die plumpen Mächte der Wirklichkeit, und die nie ausbleibende Enttäuschung ist um so bitterer, je süßer die Täuschung war. Darum werden Diejenigen, welche in der strengen Schule der nackten Wahrheit aufgewachsen sind, wenn nicht glücklicher, so doch weniger unglücklich, als die aus ihren Träumen schmerzlich aufgeweckten optimistischen Schwärmer. Denn nur dadurch, daß man der traurigen Wirklichkeit fest in's Auge sieht, kann man sich einigermaßen vor Schaden bewahren. Dazu gehört freilich Muth und Selbstverleugnung; ich würde mich aber eines beleidigenden Mißtrauens in Ihren Antheil an diesen Eigenschaften schuldig machen, wenn ich Bedenken tragen wollte, Ihnen die tragische Gestalt eines Philosophen vorzuführen, welcher das unbarmherzige Licht seines außerordentlichen Geistes zu einer schauerlich glänzenden Illumination der Nachtseiten des menschlichen Lebens benutzt und die mächtigen Klänge einer hinreißenden Beredtsamkeit, wie sie in ähnlicher Weise unter allen Philosophen der Welt nur noch dem göttlichen Plato zu Gebote stand, componirt hat zu ebenso melancholischen wie brillanten Variationen über sein trauriges Lieblingsthema: „Das Schicksal ist grausam und die Menschen sind erbärmlich." Sie sehen schon aus diesen wenigen Worten, daß ich nicht gewillt bin, meinen Helden liebenswürdiger darzustellen, als er in der That war. Amicus Plato, amicior veritas: Alle Achtung vor den Hohenpriestern der Wahrheit, die Wahrheit selbst geht vor; auch da, wo sie mit der Autorität und dem Ruf ihrer genialsten Bekenner in Conflikt geräth. Übrigens ist Schopenhauer viel zu groß, als daß ich nöthig hätte, die Schatten und Flecken seines Wesens zu verbergen. Es bleibt auch so noch Licht genug übrig. Im Gegentheil! Auf dem dunkeln Grunde seiner grimmigen Menschen- und Weltverachtung leuchten die Blitze seines Geistes nur um so heller.

Böswillige Beurtheiler haben Schopenhauer im Vergleich mit Heraclit, dem weinenden Weisen des Alterthums, den schimpfenden Philosophen der modernen Welt genannt; und allerdings hat er sich auf dem Gebiete drastischer Kraftausdrücke als Mehrer des Reiches deutscher Lexikologie einen ganz besondern Lorbeerkranz verdient. Aber es fragt sich, wer das Recht hat, ihn deßwegen zu verdammen. Wenn ein Schriftsteller, dem die haarscharf geschliffenen und köstlich verzierten

Damascenerklingen elegantester Polemik zu Gebote stehen, wenn Der diese feinen Waffen liegen läßt und nach der Keule greift, um dieselbe in wuchtigen Schlägen auf den harten Schädel seiner dickfelligen Gegner niederregnen zu lassen, dann muß er wohl einen triftigen Grund haben zu solchem hanebüchenen Verfahren. Anstatt ihn also kurzweg zu verurtheilen, wollen wir lieber die Ursache seines Mangels an Liebenswürdigkeit zu begreifen suchen, unter dem wahrlich Niemand mehr gelitten hat als er selbst, und der zum Theil der Reflex war von seinen traurigen Erfahrungen. Freilich ist das Verstehen immer mühsamer gewesen als das Verurtheilen, und deßhalb hat man es von jeher vorgezogen, gegen die Verbreiter unliebsamer Wahrheiten mit dem Giftbecher in heidnischen, mit dem Scheiterhaufen in christlichen Zeiten zu operiren anstatt mit Beweisen. In unserem höchst aufgeklärten Jahrhundert endlich, wo man den Leib der Philosophen nicht mehr tödten kann, ohne sich Unannehmlichkeiten auszusetzen, sucht man wenigstens ihren Geist todtzuschweigen. Das letztere war bekanntlich Schopenhauer's Fall.

Unter allen Niederträchtigkeiten aber, die ein Mensch dem andern anthun kann ohne den Criminalgesetzen zu verfallen, ist keine niederträchtiger als die, daß man seinem Geiste Licht und Luft verstellt und ihn von dem Platz fern hält, wo er zum Besten seiner Mitmenschen und zu seiner eigenen Befriedigung seine Kräfte am glücklichsten üben könnte. Unter allen Tantalusqualen sind die qualvollsten die der gehemmten Geisteskraft. Um darüber mitsprechen zu können, müßte man zwar eigentlich selbst ein Tantalus sein, d. h. einer von den Auserwählten, die an den Tischen der Götter gesessen haben, ehe sie den Hungerqualen des Tartarus verfielen. Aber man braucht nicht Schopenhauer's Genie zu besitzen, um ihm bis zu einem gewissen Grad nachfühlen zu können, was er, den die Natur zum Vordenker nicht nur seiner Zeitgenossen, sondern unzähliger, im Nebel der Zukunft schlummernder Generationen bestimmt hatte, was ein solcher Mann ausstehn mußte, als er die besten Jahre seines Lebens in öder, unbekannter Einsamkeit vertrauerte, während die Lehrstühle der Philosophie besetzt waren mit unselbstständigen Nachbetern jener ebenso bequemen wie genialen Intellektualanschauung des Absolutums, von deren Höhe man auf Kant's mühsame kritische Forschungen mit überlegenem Lächeln herabsehn zu können sich vermaß.

Ich weiß nicht, ob Schopenhauer Recht hat, wenn er meint, daß seine Fachgenossen aus Neid sich gegen sein Aufkommen förmlich verschworen hätten. Aber so viel steht fest: Entweder sie haben ihn absichtlich todtgeschwiegen, oder sie fallen unter den Richterspruch des französischen Satzes: Il n'y a que l'esprit qui sent l'esprit; man muß selber Geist haben, um den Geist Anderer würdigen zu können — und zu wollen. Jede dieser Alternativen ist für Professoren der Philosophie gleich schimpflich; schimpflich, daß sie erst durch die Stimmen der Laien, welche allmählich auf Sch. durch dessen populäre Schriften aufmerksam geworden waren, sich das saure Geständniß abzwängen ließen, Sch. sei ein bedeutender Denker, obgleich kein schulgerechter Akademiker. Übrigens wird der Schein wissenschaftlicher Consequenz und Methode oft sehr billig erreicht durch eine gewisse äußerliche Schematisirung, welche dem tiefer Blickenden als das Prokrustesbett der Wahrheit erscheint.

Angesichts der Erfahrungen, die Sch. auf dem unheimlichen Gebiete philosophischer Collegialität machen mußte, erscheinen seine Ausfälle gegen die Philosophieprofessoren und Gelehrten überhaupt als eine harmlosscherzhafte Rache wenigstens in den Augen derer, die es für verzeihlicher halten, ein Unrecht oder eine Dummheit beim rechten Namen zu nennen, als sie zu begehen. Gott sei Dank giebt es jetzt auch Professoren der Philosophie in Deutschland, die sich durch seine haarsträubenden Grobheiten nicht beirren lassen in der Bewunderung seiner geistigen Kraft, weil sie sich durch jene Expektorationen nicht getroffen fühlen; die sich mehr amüsiren als erbosen darüber, daß er dem Göttingschen Ordinarius nachsagt, dieser betrachte das Genie als einen Hasen, der erst nach dem Tode genießbar und der Zurichtung fähig werde, auf den man aber während seines Lebens nur schießen müsse. In der Perücke sieht Sch. das wohlgewählte Symbol des Gelehrten als solchen; denn sie versorge den Kopf mit fremdem Haar in Ermangelung des eigenen. Das Schlimmste, wozu der saure Traubensaft der Verkennung und des ausgebliebenen Rufes Sch. begeistert hat, ist die Äußerung, die Stallfütterung der Professuren passe am Besten für Wiederkäuer, der selbstständige Geist grase lieber allein und empfange aus den Händen der Natur die freie Beute. Weniger grob aber noch malitiöser ist es, wenn er bei Besprechung der nachkantischen Philosophen den Leser künftiger Zeiten um Verzeihung bittet, daß er ihn von Leuten unterhalte, die derselbe nicht kenne. An einer andern Stelle tröstet er sich mit dem hübschen Worte Lessings: „Einige sind berühmt, Andere verdienen es zu sein" und mit dem geistreichen Gleichniß des Franzosen d'Alembert: „Der Tempel des Ruhmes ist bewohnt von Vielen, die während ihres Lebens nicht darin waren, und von einigen Wenigen, die nach ihrem Tode hinausgeworfen werden."

Nun, Sch. sollte seinen Ruhm noch erleben; im letzten Jahrzehnt seines freudlosen Daseins hatte er die Genugthuung noch mit eigenen Augen sehen zu können, wie ihm die „Dornenkrone der Verkennung allmählich zum Lorbeerkranz auszuschlagen" anfing, und wie ein prophetisches Wort sich erfüllte, welches im Anfang dieses Jahrhunderts in einer Gesellschaft zu Jena über ihn gesprochen worden war. Dort machten sich einige jungen Damen lustig über einen jungen Doktor der Philosophie, der in mürrischer Absonderung in der Fensternische stand, anscheinend in das Thema seiner Dissertation über die vierfache Wurzel des Satzes vom zureichenden Grunde oder andere, schwierigere Fragen versunken, als sie gemeiniglich am Theetisch verhandelt zu werden pflegen. Da trat ein alter, liebenswürdiger Herr mit majestätischen Augen unter die kichernden Mädchen und sagte, als er den Gegenstand ihres Spottes erfahren: „Kinderchen, laßt mir Den dort in Ruhe, der wächst uns noch einmal Allen über den Kopf." Der junge Doktor war Schopenhauer, der alte Herr war Goethe. Nun, über den

Kopf gewachsen ist er Goethen zwar nicht, aber ich stehe nicht an zu behaupten, daß Sch. in der deutschen Prosa dieses Jahrhunderts dieselbe Stelle gebührt, die Goethe unter den Dichtern einnimmt. Vierzig Jahre sollten vergehen, ehe das deutsche Volk dem Urtheil seines großen Propheten allmählich nachgehinkt kam. Der junge Doktor war unterdessen ein greiser, menschenscheuer Eremit geworden, aber die süße Melodie des Ruhmes erweichte sein verknöchertes Herz und ließ ihn milder denken über die trüben Erfahrungen seines der äußern Wirksamkeit und Stellung nach verfehlten Lebens. Mit wehmüthiger Anspielung auf sein gebleichtes Haar sagte er damals zu seinem Biographen dem Doktor Gwinner: „So hat mir das Leben doch noch Rosen in den Weg gestreut, freilich nur weiße Rosen." Er beschwichtigte seinen Grimm mit der richtigen Erwägung, daß früher und zugleich dauernder Ruhm eine große Ausnahme ist und höchstens Dichtern oder Künstlern, nie aber Philosophen zu Gute kommt, deren dem bunten Getümmel des Lebens entlegnere Produkte wie das Licht der entfernteren Fixsterne längere Zeit brauchen, um zur Kunde der Menschen zu gelangen. Und das sei auch ganz in der Ordnung. Denn „Ruhm und Jugend auf einmal ist zu viel für ein sterbliches Herz. Das Leben ist so arm, daß seine Güter haushälterischer vertheilt werden müssen. Die Jugend hat vollauf an ihrem eigenen Reichthum und kann sich daran genügen lassen. Aber im Alter, wenn die Genüsse und Freuden des Lebens absterben wie die Blätter des Waldes im Herbst, dann schlägt am geeignetsten der Baum des Ruhmes aus als ein echtes Wintergrün. Und keinen schönern Trost giebt es für die Leiden des Alters, als daß man die ganze Kraft seiner Jugend Werken anvertraut hat, die nicht mit altern."

Sch. ist deßhalb ein so merkwürdiges Exemplar der zahlreichen Species des verkannten Genies, weil das Verständniß seiner Größe durchaus keine seltenen Vorkenntnisse oder besonders subtilen Scharfsinn erfordert; seine tiefsten Gedanken sind durch die künstlerische Vollendung des Ausdrucks so klar und verständlich wie der süße Wohllaut goethischer Lieder, der überwältigende Zauber der Sprache Shakespeares, die graciösen Blüthen der Komik Moliere's oder wie sie alle heißen diese Leuchtthürme über den Wasserfluthen der Litteratur. Sch. gebührt das unsterbliche Verdienst, die in Deutschland seit Kant's Tod verloren gegangene Wahrheit wieder entdeckt zu haben, daß man philosophiren kann, ohne unverständlich und langweilig zu sein. Von ihm hätte Goethe noch mit mehr Recht als von Kant sagen können, man habe bei der Lektüre seiner Werke die Empfindung, als träte man in ein helleres Zimmer. Diese Klarheit hat zunächst einen negativen Grund darin, daß Sch.'s Stil frei ist von dem schwerfälligen Rüstzeug einer künstlichen philosophischen Terminologie; einer Terminologie, die in den meisten Fällen dem Leser schon deßhalb unverständlich sein muß, weil der Autor es selbst für überflüssige Pedanterie gehalten, sich dabei durchaus etwas Bestimmtes denken zu wollen, indem er der stillen Hoffnung lebt, was ihm nicht gelungen sei, werde vielleicht dem Leser glücken, oder derselbe werde sich wenigstens durch die verblüffende Macht des metaphysischen Wortschwalls imponiren lassen und sich ängstlich hüten, Jemandem einzugestehen, daß er den angeblichen Tiefsinn nicht verstanden habe. Und doch, sagt Sch. mit Recht, sei Nichts leichter, als so zu schreiben, daß kein Mensch es versteht. Nichts schwerer als bedeutende Gedanken so auszudrücken, daß Jeder sie verstehen muß. Ein ergötzliches Beispiel des gespreizten Stiles der Philosophen seiner Zeit, von denen er sich durch die klassische Reinheit seiner Schreibweise so vortheilhaft unterscheidet, giebt Sch. in folgender Annonce:

„Nächstens erscheint in unserem Verlage: Theoretisch praktisch wissenschaftliche Physiologie, Pathologie und Therapie der unter dem Namen der Blähungen bekannten pneumatischen Phänomene, worin diese in ihrem organischen und kausalen Zusammenhang, ihrem Sein und Wesen nach, wie auch mit allen sie bedingenden, äußern und innern genetischen Momenten, in der ganzen Fülle ihrer Erscheinungen und Bethätigungen, sowohl für das allgemein menschliche als für das wissenschaftliche Bewußtsein systematisch dargelegt werden."

In erquickendem Gegensatz zu solchem nichtssagenden und was das Schlimmste ist, oft noch langweiligeren Phrasengetümmel befolgt Sch. auf das Strengste die von ihm selber in seinem köstlichen Aufsatz über Schriftstellerei und Stil aufgestellte Regel, daß man zwar wo möglich denken solle wie ein großer Geist, dagegen dieselbe Sprache reden wie jeder andere. Man brauche gewöhnliche Worte und sage ungewöhnliche Dinge. Denn „wie die schöne Körperform bei der leichtesten oder bei gar keiner Bekleidung am vortheilhaftesten sichtbar ist, und daher ein sehr schöner Mensch, wenn er zugleich Geschmack hätte und demselben auch folgen dürfte, am liebsten beinahe nackt, nur nach Weise der Antiken bekleidet gehen würde; — ebenso nun wird jeder schöne und gedankenreiche Geist sich immer auf die natürlichste, unumwundenste, einfachste Weise ausdrücken, bestrebt, wenn es irgend möglich ist, seine Gedanken Andern mitzutheilen, um dadurch die Einsamkeit, die er in einer Welt wie diese empfinden muß, sich zu erleichtern: umgekehrt nun aber wird Geistesarmuth, Verworrenheit, Verschrobenheit sich in die gesuchtesten Ausdrücke und dunkelsten Redensarten kleiden, um so in schwierige und pomphafte Phrasen kleine, winzige, nüchterne oder alltägliche Gedanken zu verhüllen. Demjenigen gleich, der, weil ihm die Majestät der Schönheit abgeht, diesen Mangel durch die Kleidung ersetzen will und unter barbarischem Putz, Flittern, Federn, Krausen, Puffen und Mantel die Winzigkeit oder Häßlichkeit seiner Person zu verstecken sucht. So verlegen wie dieser, wenn er nackt gehen sollte, wäre mancher Autor, wenn man ihn zwänge, sein so pomphaftes dunkles Buch in dessen kleinen klaren Inhalt zu übersetzen."

Man würde aber sehr irre gehen, wollte man aus jener Empfehlung gewöhnlicher Worte auf Nüchternheit und Trockenheit des Schopenhauerschen Stiles schließen. Vielmehr stellt sich ihm, was den Reichthum an Bildern und Vergleichen betrifft, unter allen seinen Fachgenossen nur der einzige Plato an die Seite, und wie der Doppelgipfel des Musenberges Parnaß ragen diese beiden philosophischen Künstlerseelen über das von ihren nüchterneren Collegen angebaute stilistische

Fachland empor. Wenn ich von einer bilderreichen Sprache rede, so
meine ich natürlich nicht das dürre Heu abgedroschener Redeblumen,
wie es allenfalls dem Tertianer eines deutschen Gymnasiums verziehen
werden kann, leider aber nur zu häufig auch von erwachsenen Stilisten
gebraucht wird, die nicht wenig stolz sind auf ihren blühenden Stil,
wenn sie sich z. B. mit kindlicher Überschwänglichkeit an die Brust der
gütigen Mutter Natur werfen, zu Schillers Wallenstein als einem
Stern erster Größe an dem nicht mehr ungewöhnlichen Himmel der
dramatischen Kunst aufblicken, aus den unsterblichen Gesängen des
Vater Homer den duftigsten Honig der griechischen Poesie schlürfen,
oder, falls sie zum giftigen Geschlechte der Recensenten gehören, die
Werke ihrer producirenden Mitmenschen vor den durch häufigen Gebrauch bis zur Schäbigkeit abgenutzten Richterstuhl der Kritik ziehen.
Bei der zunehmenden Abstumpfung des Sprachgefühls reden und
schreiben wir zwar häufig in Bildern ohne es zu wissen; doch sollte
man darin vorsichtig sein und entweder neue Vergleiche brauchen oder
gar keine. Auf jeden Fall ist es ein Zeichen kindischer Unreife durch
Anwendung abgegriffener Bilder den Ruhm einer blühenden Sprache
zu suchen.

In Sch.'s Werken wird man schwerlich ein Bild finden, das nicht
ebenso neu als treffend, und wo es der Gegenstand erlaubt, auch
schön wäre. Und zwar ist dieser hinreißende Reichthum an Bildern
und Vergleichen keine müssige Dekoration des metaphysischen Lehr-
gebäudes, sondern sie steht ebenso wie der Gebrauch menschlicher, einfacher Worte im strengen Dienst der philosophischen Wahrheit. Nur
mit Hülfe seiner reichen Phantasie konnte es Sch. gelingen, die schwie-
rigsten, abstraktesten Begriffe auf die zu Grunde liegenden Anschauungen zurück und umgekehrt den Leser von den bekanntesten Thatsachen
der anschaulichen Welt hinaufzuführen in die abstrakte Luft der höchsten
und letzten Probleme.

Jener Reichthum der Phantasie und überhaupt der anschaulichen
Erkenntniß dient ferner dazu, um Sch.'s Witz seine originelle Frische

und plastische Gestalt zu geben. Übrigens gereicht es ihm zur hohen Ehre, daß er da, wo er in Ermangelung einer litterarischen Claque selbst auf seine stilistischen Vorzüge zu sprechen kommt, sich nicht seines Witzes, sondern immer nur seiner Klarheit rühmt. Daraus erhellt deutlich, wie es ihm nur um die Sache, um ehrliche Überzeugung zu thun war, wie er die Schärfe seiner Waffen höher schätzte als deren Glanz, daß es ihm ging wie Lessing, der einmal von sich sagt, sein Witz fühle sich immer dann zu den muthwilligsten Caskaden veranlaßt, wenn er von der Richtigkeit seiner Sache am tiefsten und klarsten überzeugt sei. So ist auch Sch.'s Witz kein täuschendes Irrlicht, oder ebenso vergängliches wie brillantes Feuerwerk, sondern die reine und nie verlöschende Flamme auf dem Altare der Wahrheit.

Arthur Schopenhauer wurde am 22sten Februar 1788 zu Danzig geboren; sein Vater war der Chef einer in früheren Zeiten aus Holland eingewanderten, aber schon lange Jahre in Danzig ansässigen, angesehenen Kaufmannsfamilie. Arthur gedachte später gern seiner niederländischen Abstammung und war nicht wenig ergrimmt über die gewöhnliche germanisirende Aussprache und Verdrehung seines Namens in Schoppenhauer; allerdings erinnert diese Verdoppelung des p an eine durch die Tradition mehr entschuldigte als geheiligte Leidenschaft des deutschen Volkes.

Sch.'s Lehre von der Erblichkeit der Eigenschaften wird durch sein eigenes Beispiel nur theilweis bestätigt. Die imposante Statur des Vaters vererbte sich nicht auf den Sohn; doch tröstete sich der letztere über die Kürze seines Körpers mit der Betrachtung, daß in Folge derselben auch der Weg des Blutes nach dem Kopf ein kürzerer und deßhalb die Thätigkeit des Gehirnes eine energischere sei als bei langen Figuren. Seinen häßlichen Mund verdankte Arthur einer unvortheilhaften Pietät gegen das väterliche Beispiel, sodaß bis auf einen gewissen Grad, mit Ausnahme der prachtvollen Stirn und Augen, die Prophezeiung in Erfüllung ging, mit welcher der Buchhalter der

Schopenhauerschen Firma im Vertrauen auf die Schwerhörigkeit seines Chefs dessen Anzeige von der Geburt eines Sohnes beantwortete. Als nemlich der taube Principal mit der lakonischen Annonce: „Ein Sohn geboren" in's Comtoir trat, erhob sich jener joviale Geschäftsmann und brach zum Ergötzen des versammelten Personals in den wenig schmeichelhaften Glückwunsch aus: „Wenn er dem Papa ähnlich wird, muß er ein schöner Pavian werden." Übrigens war es die Häßlichkeit nicht allein, die den alten Schopenhauer unter seinen Mitbürgern auszeichnete, er war ein allgemein geachtetes Original; in seinem Charakter und Geist finden sich Züge, welche wie Ansätze zu dem Genie aussehen, das die Natur im Sohne erreicht hat.

Mit seinem vom Glück begünstigten kaufmännischen Talent verband er die philosophische Fähigkeit, seiner Überzeugung bedeutende Opfer zu bringen. Zwar daß er als starrer Republikaner, dessen Familienwappen die Devise führte: Point de bonheur sans liberté, den ihm vom Polenkönig verliehenen Orden nie anlegte, will noch nicht viel sagen; schon mehr bedeutet es, daß er die vortheilhaften Anerbietungen abwies, die ihm Friedrich der Große für den Fall einer Übersiedelung nach Preußen gemacht. Als später in Folge der zweiten Theilung Polens Danzig von einem preußischen Heere belagert wurde und der Befehlshaber desselben aus persönlicher Rücksicht für die Schopenhauersche Familie, auf deren Landsitz er einquartiert war, dem Vater Arthurs freie Einfuhr von Fourage für dessen durch ihre Schönheit berühmten Pferde anbieten ließ, antwortete der stolze Bürger des schnöde verhandelten Freistaates: Er danke dem preußischen General für seinen guten Willen; sein Stall sei noch versehen, und wenn der Vorrath verzehrt sei, lasse er seine Pferde todt stechen. Im März 1793, wenige Stunden vor dem Einzug der Preußen, verließen Arthurs Eltern ihre Vaterstadt und siedelten mit großen Verlusten nach Hamburg über.

Wir werden später sehen, wie diese gegen den eigenen Vortheil nicht weniger als gegen die Außenwelt rücksichtslose Überzeugungstreue auf den Sohn übergegangen ist, wenn sie sich im letzteren auch in anderer Form äußerte. Denn im Gegensatz zu seinem republikanischen Vater wurde derselbe ein Monarchist vom reinsten Wasser und vermachte den größten Theil seines Vermögens den Nachkommen der im Kampf gegen die badischen Freischaaren gefallenen preußischen Soldaten. Doch bei Beurtheilung des Charakters eines Menschen kommt es ja viel weniger auf das Was seiner Überzeugung an als auf das Wie, darauf ob die Überzeugung ehrlich ist oder nicht. Wer für den sonderbarsten Wahn Geld, Ehre und Leben opfert, steht moralisch tausendmal höher, als der vernünftige Egoist, der seinen Parteistandpunkt nach dem herrschenden Wind modificirt oder auch durch gänzliche Vermeidung des Überflusses einer eigenen Überzeugung Carrière macht und durch diese weise Politik außer klingendem Vortheil oft auch noch den Ruf eines loyalen Staatsbürgers davonträgt. Über den sittlichen Kern eines Menschen entscheidet Nichts als die Opfer, welche er den idealen Interessen des Lebens zu bringen im Stande ist, mögen diese nun liegen auf dem Gebiete der Religion, Menschenliebe, Politik, Kunst oder Wissenschaft, und mag ihr Träger der äußersten Rechten oder Linken angehören oder dem Centrum.

Außer der Starrheit seines Charakters scheinen auch einige Elemente der intellektuellen Natur des Sohnes auf den Vater zurückzuweisen. Von seinen zahlreichen Rundreisen durch Europa hatte der letztere eine lebhafte Vorliebe für die französische und englische Litteratur mitgebracht und eine unter Leuten seines Standes ungewöhnlich umfassende Kenntniß derselben. Diese ging auf Arthur über und mag vielleicht die erste Veranlassung gegeben haben zu seiner Begünstigung ausländischer Philosophen, namentlich des Voltaire, Helvetius, Locke und Hume, die er, besonders die beiden letzteren, nicht müde wird im Gegensatz zu Leibniz, Fichte, Schelling und Hegel zu rühmen und als würdige Vorläufer Kant's seinen Lesern anzuempfehlen. Während seiner ersten Frankfurter Zeit las er fast nur ausländische Zeitungen, namentlich die ihm von seinem Vater dringend empfohlenen Times;

erst später als die deutschen Zeitungen sich mit ihm zu beschäftigen anfingen, schenkte der kosmopolitische Philosoph auch den Blättern seines Vaterlandes ein lebhafteres Interesse. Endlich vererbte sich selbst etwas von dem kaufmännischen Instinkt des Vaters auf den Sohn. Kurz vor dem Fallissement des Danziger Handlungshauses, in welchem das Vermögen des letzteren stand, hatte es derselbe glücklich sicher gestellt und verwaltete es darauf mit großer Umsicht, während seine weniger vorsichtige Mutter verarmte. Nach alledem wird man die Pietät begreiflich finden, mit welcher der Sohn das Andenken des ihm früh entrissenen Vaters ehrte. Abgesehen von der Übereinstimmung ihres moralischen und intellektuellen Charakters hatte Arthur bei seiner leidenschaftlichen Abneigung gegen den Erwerb doppelte Ursache, des Mannes sich dankbar zu erinnern, welcher ihm durch seinen Fleiß und sein Geschick die Möglichkeit eines unabhängigen Daseins verschaffte. Bezeichnet er doch selbst als das glücklichste Loos, was dem Genie werden kann, Entbindung von allem Thun und Lassen, welches nicht sein Element ist, und freie Muße zu seinem Schaffen. Wenn wir nun bedenken, daß er trotz dieses durch väterliches Verdienst ihm gefallenen glücklichsten Looses der sprüchwörtlich gewordene Repräsentant des Weltschmerzes ist, so kann man sich kaum vorstellen, was aus dem grimmigsten aller Pessimisten hätte werden sollen, wenn das Schicksal ihn genöthigt hätte, sich subalternen Menschen und Verhältnissen unterzuordnen. Weisheit, sagt schon der Prediger Salomo, ist gut mit einem Erbtheil und hilft, daß Einer sich der Sonne freuen kann. Ehre also dem Andenken des Vaters, welcher seinem genialen Sohn durch das ihm hinterlassene Erbgut die Pflege und Ausbildung der in ihn gelegten Weisheit ermöglichte und ihm den qualvollen Kampf erspart hat zwischen der Wahrheit und der lumpigen Rücksicht auf das tägliche Brot.

Ein eigenthümliches Zeugniß der Pietät Arthurs gegen das Andenken seines Vaters ist auch die gelegentliche Äußerung, daß die Kaufleute die einzige ehrliche Menschenklasse seien, da sie sich offen zum

Gelderwerb bekennen, während viele Andere denselben Zweck unter der Firma eines idealen Berufes heuchlerisch verbärgen. Ein noch schöneres Denkmal seiner Dankbarkeit ist die den Manen seines Vaters zugeeignete Widmung der zweiten Auflage seines Hauptwerkes. Diese an der betreffenden Stelle aus unbekannten Gründen nicht abgedruckte, aber von Frauenstädt mitgetheilte Widmung lautet:

„Edler, wohlthätiger Geist, dem ich Alles danke, was ich bin. Deine waltende Vorsorge hat mich geschirmt und getragen, nicht bloß durch die hülflose Kindheit und unbedachtsame Jugend, sondern auch in's Mannesalter und bis auf den heutigen Tag. Denn indem Du einen Sohn, wie ich bin, in die Welt setztest, sorgtest Du zugleich dafür, daß er auch als solcher in einer Welt, wie diese ist, bestehe und sich entwickeln konnte. Und ohne diese Deine Vorsorge wäre ich hundertmal zu Grunde gegangen. Meinem Geist war die Richtung zu der ihm allein angemessenen Beschäftigung zu entschieden eingepflanzt, als daß ich hätte seiner Natur Gewalt anthun und ihn dahin bändigen können, daß er unbekümmert um das Dasein überhaupt und nur für das Dasein meiner Person wirksam, das tägliche Brot herbeizuschaffen sich zur einzigen Aufgabe hätte machen können. Du scheinst auch auf diesen Fall bedacht gewesen zu sein und dabei vorher gesehen zu haben, daß er nicht eben geeignet sein möchte, die Erde zu ackern, oder sonst durch ein mechanisches Gewerbe seine Kräfte zur Sicherung seiner Existenz zu verwenden, Du scheinst vorher gesehen zu haben, daß Dein Sohn, Du stolzer Republikaner, nicht das Talent würde haben können, wetteifernd mit médiocre et rampant, vor Ministern und Räthen, Mäcenen und ihren Rathgebern zu kriechen, um ein sauer abzuverdienendes Stück Brot erst niederträchtig zu erbetteln oder der sich blähenden Mittelmäßigkeit zu schmeicheln und demüthig sich dem lobpreisenden Gefolge scharlatanischer Pfuscher anzuschließen; daß er vielmehr als Dein Sohn auch mit Deinem verehrten Voltaire denken würde: nous n' avons que deux jours à vivre: il ne vaut pas la peine de les passer à ramper devant des coquins méprisables.

Daher weihe ich Dir mein Werk und rufe Dir im Grabe den Dank nach, den ich einzig Dir und keinem Andern schuldig bin. Nam Caesar nullus nobis haec otia fecit."

Von dem Vers, in welchem Goethe die Elemente seiner Persönlichkeit aus den Eigenschaften seiner Eltern ableitet, paßt auf Sch. die zweite Hälfte noch weniger als die erste. Seine Mutter, die durch ihre Novellen und Memoiren ihrer Zeit berühmte Johanna Schopenhauer, erfreute sich zwar eines nicht minder heiteren Temperamentes und beweglichen Geistes als die lebenslustige Mama des Dichters; aber die Frohnatur des Mütterchens vererbte sich in unserem Fall nicht auf den Sohn. Im Gegentheil fühlte sich der letztere durch die Leichtlebigkeit der Mutter ebenso abgestoßen wie diese von der unglücklichen Leidenschaft Arthurs für die Betrachtung der Schattenseiten des Lebens; aus diesem Contrast der Naturen erwuchs mit den Jahren trotz vielfacher Berührungspunkte der beiderseitigen geistigen Interessen eine traurige Störung des Familienfriedens.

Unter den Erlebnissen der Kindheit Arthurs sind für sein späteres Leben, seine Philosophie und seinen stilistischen Charakter von entscheidendem Einfluß gewesen die wiederholten und weiten Reisen, auf denen er seine Eltern begleitet hat. Zwar unterbrach dieses Wanderleben den ehrwürdig gemessenen Gang der Schulbildung und machte einen systematisch geordneten Erwerb der üblichen Kenntnisse unmöglich; doch war dieser Schaden nicht unersetzlich und wurde später in kurzer Zeit reparirt; die lateinische Sprache erlernte der Neunzehnjährige innerhalb eines Semesters; nun, als er das Versäumte mit einer Energie, die seiner glänzenden Begabung gleichkam, nachgeholt hatte, da sah er die überwiegenden Vortheile des Nomadenlebens seiner Kindheit ein und erkannte darin eine höhere, der Entwicklung seines Geistes wohlthätige Fügung. Denn in den Jahren, wo das Gemüth und der Geist die zarteste Empfänglichkeit haben für die Eindrücke der Außenwelt, da sei er nicht wie seine für das Studium bestimmten Altersgenossen angefüllt worden mit todten Begriffen und Regeln, sondern mit lebendigen Anschauungen befruchtet und damit der Grund gelegt zu jener Frische und Originalität des Stiles, durch die er sich so vortheilhaft auszeichnet vor der langweiligen Wortkrämerei seiner in Stubenluft aufgewachsenen Fachgenossen. In einer seiner späteren Schriften geht er sogar soweit zu behaupten, das blöde Dreinsehen der meisten Gelehrten habe seinen Grund in allzufrüher Erlernung der lateinischen und griechischen Grammatik. Denn die Gelehrsamkeit sei eine schwere Rüstung, die den Starken unüberwindlich mache, den Schwachen aber vollends zu Boden drücke. Noch feiner drückt er einen ähnlichen Gedanken in folgendem Gleichniß aus: „Dem, der studirt, um Einsicht zu erlangen, sind die Bücher und Studien bloß Sprossen der Leiter, auf der er zum Gipfel der Erkenntniß steigt; sobald eine Sprosse ihn um einen Schritt gehoben hat, läßt er sie liegen. Die Vielen dagegen, welche studiren, um ihr Gedächtniß zu füllen, benutzen nicht die Sprossen der Leiter zum Steigen, sondern nehmen sie ab und laden sie sich auf, um sie mitzunehmen, sich freuend an der zunehmenden Schwere der Last. Sie bleiben ewig unten, da sie das tragen, was sie hätte tragen sollen."

Die erste Reise, die ihn bereits durch einen großen Theil von Deutschland, Belgien, Frankreich und England führte, trug trotz ihrer weiten Ausdehnung noch wenig bei zu seiner anschaulichen Erfassung der Welt; denn sie fällt noch vor seine Geburt. Bald nach der Hochzeit brachen seine Eltern auf und kehrten erst wenige Tage vor jenem Ereigniß nach Danzig zurück. Den Namen Arthur erhielt der Neugeborene mit Rücksicht auf die dereinstige Firma des zum Kaufmann bestimmten Sprößlings, denn er bleibt in allen Sprachen derselbe; so überflog der Name des jungen Weltbürgers also schon am Tag seiner Taufe, dem dritten März 1788, die Grenzen seines Vaterlandes. In seinem fünften Jahr siedelte er mit seinen Eltern oder vielmehr diese mit ihm, wie oben erwähnt, nach Hamburg über, im neunten that ihn

sein Vater zu einem Geschäftsfreund nach Havre, wo er mehrere
Jahre blieb und so verwälschte, daß er nach seiner Rückkehr die deutsche Sprache wie eine fremde erst wieder erlernen mußte. Während
dieses zweiten Aufenthaltes in Hamburg regte sich zum ersten Male in
dem funfzehnjährigen Knaben der künftige Philosoph. Er bestürmte
seinen anfangs hartnäckig widerstrebenden Vater mit der Bitte, ihm
eine wissenschaftliche Bildung geben zu lassen. Da die Zeugnisse der
Lehrer mit den Wünschen Arthurs übereinstimmten, war der Alte schon
halb entschlossen, den letzteren auf ein Gymnasium zu bringen, machte
aber vorher noch einen Versuch, durch List zu erreichen, was er mit
Gewalt zu erzwingen nicht das Herz hatte. Er brachte die Liebe des
Knaben in Conflikt mit seiner leidenschaftlichen Reiselust, sowie seiner
freundschaftlichen Sehnsucht nach einem Wiedersehn mit seinem französischen Pflegebruder in Havre und stellte ihm die Alternative, entweder auf der Stelle ein Gymnasium zu besuchen oder aber seine
Eltern auf einer längeren Reise durch Frankreich, die Schweiz und
England begleiten zu dürfen, unter der Bedingung, ein für alle Mal
auf jeden Anspruch an eine wissenschaftliche Laufbahn zu verzichten.
Die schlaue, aber etwas grausame Berechnung des Alten glückte; der
treulose Knabe löste sein kindliches Verhältniß zur Wissenschaft und be-
gab sich im Frühjahr 1803 mit seinen Eltern auf die Wanderschaft.
Die Wissenschaft rächte sich an ihrem abgefallenen Liebhaber bald darauf, als er bei London in einer Pension zurückgelassen wurde, während seine Eltern mit Ausflügen nach dem Norden der brittischen Insel
beschäftigt waren. Er scheint von seinen englischen Pädagogen mit
theologischer Gelehrsamkeit überfüttert worden zu sein und legte bei
dieser Gelegenheit den Grund zu seinem grimmigen Haß gegen die
englische Bigotterie, deren Verhöhnung fast alle seine Schriften auszeichnet. Schon damals schrieb er an seine Mutter: „Wenn doch die
Fackel der Wahrheit diese Finsterniß durchbrechen könnte." Wer je
zu beobachten Gelegenheit hatte, wie in England das äußere Gesetzes-
werk theoretischer Rechtgläubigkeit und praktischer Religionsübungen

mit der schnödesten Anbetung des goldenen Kalbes verschwistert ist, wer auch nur aus den Zeitungen erfahren hat, wie die frommen Söhne Albions unter treuer Befolgung des Bibelspruchs: „Laß die Linke nicht wissen, was die Rechte thut" in der einen Hand das Evangelium, in der andern das Opium nach China eingedrungen sind, der wird mit unsäglicher Genugthuung die rücksichtslosen Angriffe des deutschen Philosophen gegen die salbungsvolle und dickgemästete Heuchelei unserer theuern Vettern jenseit des Kanals lesen und schon in jener knabenhaften Äußerung den künftigen Vorkämpfer der Wahrheit erkennen. Mehr Empfänglichkeit als für den englischen Unterricht in himmlischen Dingen zeigte der Knabe für die irdischen Schönheiten des Mont Blanc. In Chamouny quälte er seinen Vater ihn allein zurückzulassen, einen so mächtigen Eindruck hatte die Pracht der Alpennatur auf seinen für die Freuden der anschaulichen Erkenntniß offenen Sinn gemacht.

Im Herbst 1804 wurde Arthur in der Marienkirche zu Danzig, wo er sechzehn Jahr früher getauft worden war, confirmirt und kehrte darauf nach Hamburg zurück, um Neujahr 1805 in die kaufmännische Lehre zu treten. Wenige Monate darauf starb in Folge eines unglücklichen Sturzes sein Vater. Die Wittwe desselben benutzte die ihr durch diesen Todesfall gewordene Freiheit, um nach Weimar überzusiedeln, wo sie einen ihrem lebendigen Temperament entsprechenderen Umgang zu finden hoffte, als er ihr in den soliden Formen der hamburgischen Geselligkeit geworden zu sein scheint. Obwohl sie dort 14 Tage vor der Schlacht bei Jena und der darauf folgenden Plünderung der benachbarten Residenz eintraf, also in einer zur Anknüpfung neuer Verbindungen wenig geeigneten Zeit, so wußte doch die Energie ihres geselligen Geistes diese Schwierigkeiten schnell zu überwinden und einen Salon zu etabliren, in welchem die Mehrzahl der einheimischen und durchreisenden Celebritäten verkehrte. Kurz nach den Schreckenstagen der Plünderung schrieb sie in einem Brief an ihren Sohn die für den letzteren überaus charakteristischen Worte: „Ich könnte Dir Dinge erzählen, vor denen Dir das Haar emporsträuben würde, allein ich will es nicht thun; denn ich weiß ohnedies, wie gern Du über das Elend der Menschen brütest." Also schon damals, in seinem neunzehnten Jahr, brütete der in den sorgenfreisten und interessantesten Verhältnissen aufgewachsene Jüngling über das Elend der Menschen, ein deutlicher Beweis, daß sein Weltschmerz, wenn er auch später durch persönliche Erfahrungen verbittert wurde, jedenfalls nicht seinen Grund hat in der verletzten Eitelkeit des verkannten Genie's, sondern in einer angebornen Melancholie seines Geistes. Daß Arthur sich in dem kaufmännischen Beruf, dem er aus Pietät auch nach dem Tod seines Vaters treu blieb, sehr unglücklich fühlte, kam seiner natürlichen Anlage zum Trübsinn zu Statten. So lebte er in einem Alter, welches andere Jünglinge der goldnen akademischen Freiheit zuführt, im Zwang einer trocknen, rechnenden Thätigkeit, ohne Freude an der Gegenwart und ohne irgend eine vernünftige Aussicht auf eine bessere Zukunft. Da schrieb ihm seine Mutter, die seinetwegen ihre gelehrten Freunde consultirt hatte, daß es nach der Ansicht derselben noch nicht zu spät sei, das Versäumte nachzuholen und sich der Wissenschaft wieder zuzuwenden. Unter einem Strom von Freudenthränen stürzte er sich auf diese Nachricht hin in die Arme seiner verlassenen Geliebten und wandte sich zunächst an das Gymnasium zu Gotha, welches damals eines vorzüglichen Rufes genoß. Unter der Führung von Jacobs und Döring machte er in kurzer Zeit rasche Fortschritte und ließ sich von diesen seinen Lehrern eine glänzende gelehrte Zukunft prophezeien. In etwas anderer Weise, als man wohl erwartet, sollte der vielversprechende Schüler die in ihn gesetzten Hoffnungen erfüllen. Zwar ist er nicht durch einen citatenreichen Commentar zu einem alten Classiker unsterblich geworden, wie jene würdigen Männer vielleicht gehofft; denn mit verzeihlichem Egoismus hält jeder Lehrer den Lieblingsschüler für sein specielles Fach prädestinirt und verpflichtet seine Talente zu Gunsten desselben zu verwenden. Schopenhauer hat das Größere erreicht und ist selbst ein Classiker geworden nach dem Muster der genialsten Autoren des Alterthums, deren geistreiche Einfalt des Ausdrucks sich in seinen Schriften verschwistert hat mit der Tiefe des deutschen Gedankens. Und wenn er auch kein Alterthumsforscher wurde, wußte er doch wohl, was er den Alten verdankt; denn je mehr einer selbst ein Genie ist, desto feiner ist sein Gefühl und desto tiefer sein Verständniß für das Genie des Andern. Kein zünftiger Philolog kann fanatischer streiten für die Pflege der griechischen und römischen Sprache, als es Sch. z. B. in folgenden Worten thut:

„Kommt es dahin, daß der an die Sprachen gebundene Geist der Alten aus dem gelehrten Unterricht verschwindet, dann wird Rohheit, Plattheit und Gemeinheit sich der ganzen Litteratur bemächtigen. Denn die Werke der Alten sind der Nordstern für jedes künstlerische oder litterarische Streben; geht der Euch unter, so seid Ihr verloren. Schon jetzt merkt man an dem jämmerlichen und läppischen Stil der meisten Schreiber, daß sie nie Latein geschrieben haben. Sehr passend nennt man die Beschäftigung mit den Schriftstellern des Alterthums Humanitätsstudien; denn durch sie wird der Schüler zuvörderst wieder ein Mensch, indem er eintritt in die Welt, die noch rein war von allen Fratzen des Mittelalters und der Romantik, welche nachher in die europäische Menschheit so tief eindrangen, daß auch noch jetzt jeder damit betüncht zur Welt kommt und sie erst abzustreifen hat, um nur zuvörderst wieder ein Mensch zu werden. Denkt nicht, daß eure moderne Weisheit jene Weihe zum Menschen je ersetzen könne, ihr seid nicht, wie Griechen und Römer, geborne Freie, unbefangne Söhne der Natur. Ihr seid zunächst die Söhne und Erben des rohen Mittelalters und seines Unsinns, des schändlichen Pfaffentrugs und des halb brutalen, halb geckenhaften Ritterwesens. Geht es jetzt mit Beiden gleich allgemach zu Ende, so könnt Ihr darum doch noch nicht auf eigenen Füßen stehen. Ohne die Schule der Alten wird eure Litteratur in gemeines Geschwätze und platte Philisterei ausarten. — An euern Schriftstellern, die kein Latein verstehen, werdet Ihr bald nichts Anderes als schwadronirende Barbiergesellen haben. — Als specielle Gemeinheit, die jetzt alle Tage dreister hervorkriecht, muß ich noch rügen, daß in wissenschaftlichen Büchern und in ganz eigentlich gelehrten, sogar von Akademien herausgegebenen Zeitschriften Stellen aus griechischen, ja aus lateinischen Autoren in deutscher Übersetzung angeführt werden. Pfui Teufel! Schreibt Ihr für Schuster und Schneider? — Ich glaub's, um nur recht viel abzusetzen. Dann erlaubt mir gehorsamst zu bemerken, daß Ihr in jedem Sinn gemeine Kerle seid. Habt mehr Ehre im Leibe und weniger Geld in der Tasche und laßt den Ungelehrten seine Inferiorität fühlen anstatt Bücklinge vor seiner Geldkatze zu machen. — Für griechische und lateinische Autoren sind deutsche Übersetzungen gerade so ein Surrogat wie Cichorien für Café, und zudem darf man sich auf ihre Richtigkeit durchaus nicht verlassen."

Die Gymnasialstudien Sch.'s fanden leider vor der Zeit ein frühes, gewaltsames Ende zum Bedauern des Schülers sowohl als seiner Lehrer. Ein Gymnasialprofessor Schulze hatte sich eine unehrerbietige Äußerung über die Selecta erlaubt, welcher Klasse Sch. in den deutschen Stunden angehörte. Der letztere rächte sich für den Mangel an Respekt, den ein deutscher Gymnasiast zu fordern sich berechtigt glaubt, durch höhnische Bemerkungen, welche dem Schulmonarchen hinterbracht wurden von einem Exemplar jener unseligen Menschenklasse, deren klatschende Beredtsamkeit in einem geheimnißvollen Zusammenhang stehen soll mit dem Genuß des Cafés und anderer geselliger Getränke. Der gereizte Pädagog gehörte nicht zu den bevorzugten Naturen, an deren überlegener Persönlichkeit die Pfeile des Spottes wirkungslos abprallen; er hielt es für nöthig, den Direktor zum Rächer seiner gefährdeten Autorität aufzurufen; dieser entzog dem Verbrecher seine bisherige Gunst, und Sch. glaubte unter solchen Umständen auch seinerseits dem Gymnasium die Ehre seiner Mitgliedschaft nicht länger gewähren zu dürfen. Er ging nach Weimar und erwarb sich hier durch Privatunterricht die noch rückständigen Kenntnisse. Auf den Wunsch seiner Mutter zog er nicht mit der letzteren zusammen, sondern nahm eine eigene Wohnung. Der Brief, in welchem sie ihm diesen unmütterlichen Wunsch kund giebt, ist für beide Theile charakteristisch. Dort heißt es:

„Es ist zu meinem Glücke nothwendig zu wissen, daß Du glücklich bist, aber nicht ein Zeuge davon zu sein. Ich habe Dir immer gesagt, es wäre sehr schwer mit Dir zu leben, und je näher ich Dich betrachte, desto mehr scheint diese Schwierigkeit, für mich wenigstens, zuzunehmen. Ich verhehle es Dir nicht, solange Du bist, wie Du bist, würde ich jedes Opfer eher bringen, als mich dazu entschließen. Ich verkenne Dein Gutes nicht, auch liegt das, was mich von Dir zurückscheucht, nicht in Deinem Gemüth, nicht in Deinem innern, aber in Deinem äußern Wesen, Deinen Ansichten, Deinen Urtheilen, Deinen Gewohnheiten, kurz ich kann mit Dir in Nichts, was die Außenwelt angeht, übereinstimmen; auch Dein Mißmuth, Deine Klagen über unvermeidliche Dinge, Deine finstern Gesichter, Deine bizarren Urtheile, die wie Orakelsprüche von Dir ausgesprochen werden, ohne daß man etwas dagegen einwenden dürfte, drücken mich und verstimmen meinen heitern Humor, ohne daß es Dir etwas hilft. Dein leidiges Disputiren, Deine Lamentationen über die dumme Welt und das menschliche Elend machen mir schlechte Nacht und üble Träume."

Wir wollen uns nicht mit der schwierigen Lösung der traurigen Frage aufhalten, welche von beiden Parteien an dem unerquicklichen Verhältniß, das aus diesem Briefe erhellt, die Hauptschuld trägt. Wer das Glück einer treuen Mutterliebe an sich erfahren hat, wird geneigt sein, gegen die Mutter zu entscheiden, zumal derselben von ihrem Sohn auch Mangel an Pietät gegen das Andenken des Vaters nicht mit Unrecht vorgeworfen wurde. Derselbe leichte Humor, der sie zur liebenswürdigen Wirthin machte, war wohl der Grund ihrer leidenschaftlichen Abneigung gegen das melancholische Temperament ihres Sohnes und der Gewandtheit, mit der sie sich über ihre freilich oft sehr schweren und unbequemen Mutterpflichten hinwegzusetzen wußte. Bei dem späteren Verlust ihres Vermögens hat er sich allerdings sehr ungroßmüthig benommen und ihre Lieblosigkeit mit Zinsen heimgezahlt.

Im Jahre 1809 bezog er die Universität Göttingen und blieb daselbst bis 1811. Er ließ sich in der medicinischen Fakultät einschreiben und ging erst später zur Philosophie über. Doch versäumte er auch nachher, als er in der letzteren seine Heimath gefunden hatte, keine Gelegenheit zur Bereicherung seiner naturwissenschaftlichen Kenntnisse, ohne welche das Philosophiren, wenn es nicht in's Blaue hinein geschehen soll, heut zu Tage unmöglich ist. Wir wissen wenig von seinem akademischen Leben, doch steht soviel fest, daß er mehr studirte als Student war. Er fand, wie es scheint, wenig Geschmack an den zum Theil kindischen Formen des burschikosen Treibens, welches seinen höchsten Ruhm in der Virtuosität des commentmäßigen Blutabzapfens und in der noch weniger geistreichen Fertigkeit sucht, eine möglichst große Quantität Bier in möglichst kurzer Zeit zu vertilgen. Wie er über diese Dinge gedacht hat, läßt sich aus seinem Aufsatz über die ritterliche Ehre und das Duell erschließen. Zwar erschien dieser Aufsatz erst im letzten Decennium seines Lebens; da er sich aber notorisch vom Burschenleben zurückgehalten, ist kein Grund zu bezweifeln, daß der Jüngling ebenso gedacht hat wie der Greis; während bei vielen Andern sich erst im reiferen Mannesalter die tiefe Ehrfurcht vor jenen merkwürdigen Gebräuchen verliert, deren Geringschätzung noch jetzt von einem großen Theil der studirenden Jugend als äußerster Grad von pedantischer Gesinnung verketzert oder bemitleidet wird. Schopenhauer beleuchtet das Duell nicht vom moralischen, sondern vom intellektuellen Standpunkt aus und führt mit grausamer Folgerichtigkeit aber köstlichem Humor den studirenden Jünglingen die blödsinnige Logik des Ehrenprincips zu Gemüthe. Dieser Logik zu Folge hängt die ritterliche Ehre nicht wie jede andere von dem ab, was Einer selbst sagt oder thut, sondern von den Worten und Handlungen eines Andern, danach hängt der Ruf des Edelsten und Geistreichsten aller Sterblichen an der Zungenspitze des nichtswürdigsten, stupidesten Subjektes, falls dasselbe nur das Ehrenprincip noch nicht verletzt hat; übrigens mag es der ärmlichste von allen Erdensöhnen sein. Hat ein Solcher geschimpft, so gilt dies in den Augen der Leute von Ehre vor der Hand als ein objektiv wahres Urtheil, ein rechtsgültiges Dekret, das durch keine Beweise und Zeugen entkräftet, sondern nur auf dem Wege des Duells mit Blut ausgelöscht werden kann, wobei körperliche Kraft, Geschicklichkeit und Zufall den Ausschlag geben. Soviel was das Schimpfen betrifft. „Nun," fährt Sch. fort, „giebt es sogar noch etwas Ärgeres als Schimpfen (b. h. Geschimpft werden, denn nur das letztere ist ehrenrührig), etwas so Erschreckliches, daß ich wegen dessen bloßer Erwähnung in diesem Codex der ritterlichen Ehre die Leute von Ehre um Verzeihung zu bitten habe, da ich weiß, daß beim bloßen Gedanken daran ihnen die Haut schaudert und ihr Haar sich emporsträubt, indem es der Übel Größtes auf der Welt und ärger als Tod und Verdammniß ist. Es kann nemlich, horribile dictu, Einer dem Andern einen Klaps oder Schlag versetzen. Dies ist eine entsetzliche Begebenheit und führt einen so kompleten Ehrentod herbei, daß, wenn alle andere Verletzungen der Ehre schon durch Blutlassen zu heilen sind, diese zu ihrer gründlichen Heilung einen kompleten Todtschlag erfordert."

„Ist jedoch der Verletzer nicht aus den Ständen, die sich zum Codex der ritterlichen Ehre bekennen, so kann man eine sichere Operation vornehmen, indem man, wenn man bewaffnet ist, den Wehrlosen, auf der Stelle, allenfalls auch noch eine Stunde nachher niedersticht, wodurch dann die Ehre wieder heil ist. Will man aber diesen Schritt aus Besorgniß vor Unannehmlichkeiten vermeiden, so hat man ein Palliativmittel an der Avantage. Diese besteht darin, daß, wenn er grob gewesen ist, man noch merklich gröber sei; geht dies mit Schimpfen nicht mehr an, so schlägt man drein, und zwar ist auch hier ein Klimax der Ehrenrettung: Ohrfeigen werden durch Stockschläge kurirt, diese durch Hetzpeitschenhiebe; selbst gegen letztere wird von Einigen das Anspucken als probat empfohlen. Man sieht hieraus, wie sehr mit Recht dem Ehrenprincip die Veredlung des Tones in der Gesellschaft nachgerühmt wird."

Recht deutlich tritt der Unsinn des Ehrenprincips zu Tage, wenn man es als Maßstab zur Beurtheilung der Heroen des Alterthums benutzt. Sokrates antwortete auf die Frage, weßhalb er eine Ohrfeige ungestraft auf sich habe sitzen lassen: „Zürnst Du denn, wenn ein Esel nach Dir ausschlägt?" Sokrates ist also ein ehrloser Lump, obwohl er seine Todesverachtung in Krieg und Frieden bekanntlich glänzend bewiesen hat. Perikles rächte sich an einem Schmäher, der schimpfend hinter ihm hergelaufen war, dadurch, daß er ihm durch seinen Diener nach Hause leuchten ließ, was in Athen, wo es noch keine Straßenbeleuchtung gab, keine geringe Gefälligkeit war. Also auch Perikles muß es sich gefallen lassen, von unsern Ehrenrittern als Feigling verachtet zu werden. Vor der Schlacht bei Salamis hob der spartanische Admiral Eurybiades im Streit mit Themistokles den Stock auf, um diesen zu schlagen. Doch lesen wir nirgends, daß Themistokles darauf den Degen gezogen habe, sondern er sagte, da ihm das Wohl des Vaterlandes höher stand, als seine persönliche Empfindlichkeit: „Schlage mich, aber höre mich." „Mit welchem Unwillen," bemerkt Schopenhauer zu dieser Erzählung, „muß doch der Leser von Ehre hierbei die Nachricht vermissen, daß das Athenensische Offiziercorps sofort erklärt habe, unter so einem Themistokles nicht ferner dienen zu wollen!"

Also die blinden Heiden wußten noch nichts von diesem sublimen Ehrenprincip; es ist dies vielmehr eine Erfindung derjenigen, die sich zur Religion des Bergpredigers bekennen; freilich empfiehlt der erhabene Stifter des Christenthums für den Fall, daß Jemand einen Schlag auf die Backe erhält, ein ganz anderes Verfahren als das einer blutigen Revanche, ein Verfahren, welches auch ihn der Verachtung unserer Ehrenritter aussetzt. Zwar ist in unsern christlichen Staaten das Duell vom Gesetz verboten; aber der Gehorsam gegen das Gesetz wird an den Mitgliedern des am Meisten geachteten Standes mit schimpflicher Cassation geahndet. Um nicht sehr bitter werden zu müssen, enthalten wir uns aller Kritik dieser Zustände in unsern modernen, christlichen, sogenannten Rechtsstaaten.

Schopenhauer's Umgang beschränkte sich, während er in Göttingen studirte, wesentlich auf zwei Menschen, von denen der eine ein Millionär wurde, der andere ein berühmter Diplomat; so verschieden führte das Schicksal die drei Freunde, daß ihre spätere Lebensstellung den Kreis aller Gesichtspunkte umfaßt, nach denen Sch. in seinen Aphorismen zur Lebensweisheit die dem Menschen mögliche Glückseligkeit betrachtet. Dort theilt er nämlich alle Güter ein in das, was der Mensch ist, was er hat und was er vorstellt; er selbst hatte von den Dreien nicht das glänzendste, auch nicht das glücklichste Loos gezogen, aber das gehaltvollste, das einer bedeutenden Persönlichkeit.

Im Jahre 1811 siedelte er nach Berlin über im gläubigen Vertrauen, dort aus Fichte's Vorlesungen die Quintessenz der Philosophie schöpfen zu können. Doch merkte er bald, daß ihm die damals zum Studium dieser Wissenschaft unerläßliche Fähigkeit abgehe, sich von Phrasen verblüffen zu lassen wie die: „Die Welt ist, weil sie ist, und ist, wie sie ist, weil sie so ist." Er verzichtete nach kurzer Zeit auf das Verständniß dieser tiefsinnigen Weisheit und wandte sich mit doppeltem Eifer den Lehrern der Naturwissenschaft und Philologie zu.

Am eifrigsten hörte er bei dem genialen Philologen F. A. Wolf, eine Geschmacksrichtung, die dem Lehrer ebenso viel Ehre macht wie dem Schüler. Im Frühjahr 1813 trieb ihn der Kriegslärm von Berlin in das stille Saalthal nach Rudolstadt, wo er seine Doktordissertation schrieb über die „Vierfache Wurzel des Satzes vom zureichenden Grunde." Die Universität Jena, im Anfang dieses Jahrhunderts die Hauptstadt der deutschen Philosophie, hatte die Ehre, an Sch. die durch häufigen Mißbrauch bedeutungslos gewordene Würde eines Doktors d. h. Lehrers der Philosophie übertragen zu dürfen.

Wohl nie ist dieser Titel in der vollen Bedeutung des Wortes auf eine würdigere Weise erlangt worden als von Sch. durch die oben genannte Abhandlung. Dieselbe enthält bereits fast alle Hauptgedanken seines Systems. Auch wurde sie in den Litteraturzeitungen mit größerer Achtung behandelt, als man sonst den Doktordissertationen zu schenken pflegt; trotzdem war das vielversprechende Erstlingswerk bald wieder vergessen, was bei jenen politisch aufgeregten Zeiten kaum zu verwundern ist.

Aus der Zeit seines Aufenthaltes in Rudolstadt haben sich zwei Briefe erhalten, welche weniger durch ihren Inhalt bedeutend und für den philosophischen Charakter Sch.'s bezeichnend, als dadurch merkwürdig sind, daß sie so wenig passen zu dem Bild des theoretischen Menschenfressers, welchen man sich in Sch. gewöhnlich vorzustellen beliebt. Es ist als ob ein Hauch des stillen Friedens, welcher auf den Höhen, den Thälern und den Herzen der Bewohner des Thüringer Landes ruht, seinen Weg gefunden habe in das melancholische Gemüth des pessimistischen Philosophen, der sich in jenen Briefen herabläßt zu dem menschenfreundlichen Ton einer harmlos scherzenden Unterhaltung. Sie sind beide an einen Buchhändler in Jena gerichtet, der mit Schopenhauers bekannt war; bei dem wahrscheinlich früher geschriebenen Brief fehlt das Datum, eine charakteristische Nachlässigkeit des eifrigen Vorkämpfers von Kant's Lehre, daß die Zeit nichts den Dingen wesentliches, sondern nur eine Form unserer Anschauung sei. Dort heißt es:

„Ich liefere heute, geehrter Herr Frommann, einen gezwungenen Commentar zum Capitel von der Eitelkeit menschlicher Entschlüsse und Wünsche. Gestern fürchtete ich schlechtes Wetter, und heute sehe ich den ganzen Tag dem schönsten Wetter aus der Stube zu. Und das, weil mich ein neuer Schuh halb wund gerieben hat, und wäre ich heute weiter gegangen, ganz wund gerieben haben würde. Deßhalb lasse ich den Schuh aufschlagen und den Fuß heilen und halte einen Rast-, Feier- und Buß-Tag des heiligen Krispinus, des Schusterpatrons. Ich bedauere bloß, daß ich von dem Unfall nicht den Vortheil ziehen kann, Ihnen und Ihrer liebenswürdigen Familie meine Aufwartung zu machen.' Herr Prof. Oken hat die Güte gehabt, mir

auf meine Bitte einige Bücher zu schicken, mit denen ich die Zeit sehr
angenehm zubringe: auch geht mir übrigens nichts ab, und ich bitte
Sie inständigst, sich nicht im Mindesten durch meine Anwesenheit stö=
ren zu lassen, die ich Ihnen eigentlich nur anzeige, um Sie zu bitten,
dem Herrn aus Altenburg, der eine Wandergesellschaft in's Rudol-
städtische sucht, meine anzutragen, falls es ihm ansteht, morgen früh
zu gehen.

Ich bitte Sie, mich dem Andenken Ihrer werthen Familie zu em=
pfehlen und versichere Sie der tiefsten Hochachtung und Ergebenheit
Ihres
Arthur Schopenhauer."

Der zweite Brief ist vom vierten November 1813 aus Rudolstadt
datirt und lautet:

„Indem ich, geehrter Herr Frommann, Ihnen die Abhandlung
überreiche, für die ich promovirt bin, sende ich Ihnen zugleich unter
herzlichem Dank Hegel's Logik zurück: ich würde diese nicht so lange
behalten haben, hätte ich nicht gewußt, daß Sie solche so wenig lesen
als ich. Von dem andern Philosophen aber, den ich durch Ihre Güte
erhalten habe, dem Bako v. Verulam, möchte ich mich noch nicht tren=
nen, sondern behielte ihn gern noch ein Weilchen, wenn Sie nicht etwa
schon darum gemahnt sind; in ein Paar Wochen werde ich Ihnen sol=
chen in jedem Fall zurückschicken.

Ich wünsche und hoffe, daß Sie durch die Kriegsunruhen nicht
besonders gelitten haben und keine Privatbetrübniß die Freude stört,
die Sie sicherlich über den überaus glücklichen und erwünschten Fort=
gang der Sache Teutschlands und der Menschheit empfinden. Nächste
Woche gedenke ich meinen Aufenthalt wieder in Weimar zu nehmen.
Ihrer werthen Familie bitte ich mich bestens zu empfehlen und nenne
mich mit der ausgezeichnetsten Hochachtung
Ihren
ergebenen Diener
Arthur Schopenhauer."

Als Sch. nach seiner im letzten Brief angekündigten Übersiedlung von Rudolstadt nach Weimar die vierfache Wurzel des Satzes vom zureichenden Grunde seiner Mutter überreichte, zeigte dieselbe weniger Interesse, als die Mütter gewöhnlich den Leistungen ihrer Söhne entgegenbringen. Auf den Titel der Abhandlung anspielend machte sie die ziemlich läppische Bemerkung, das sei wohl etwas für Apotheker. Es ist ihm nicht zu verdenken, daß er darauf die mehr stolze als liebenswürdige Antwort gab: Man wird es noch lesen, wenn von Deinen Schriften kaum mehr ein Exemplar in einer Rumpelkammer stecken wird." Worauf ihm seine Mutter nicht ohne Witz erwiederte: „Von den Deinigen wird die ganze Auflage noch zu haben sein." Das Schicksal strafte die Unliebenswürdigkeit des Sohnes sowohl als der Mutter und ließ beide Prophezeiungen in Erfüllung gehen. Die erste Auflage der vierfachen Wurzel wurde zum Theil Makulatur und ihr Verfasser noch mehrere Jahrzehnte später zuweilen durch die Frage geärgert: „Sind Sie der Sohn der berühmten Johanna Schopenhauer?" Später wandte sich das Blatt; und außer den wenigen Überlebenden, welche die Verfasserin der längst verschollenen Novellen und Reisebeschreibungen persönlich gekannt, existirt jetzt wohl Niemand, der von ihr etwas Anderes wüßte, als daß sie die Mutter ihres Sohnes ist.

Trotz des anregenden und durch Goethe's häufige Anwesenheit geadelten Lebens im Hause seiner Mutter, wobei es freilich mehr Gelegenheit zu geselliger Zerstreuung als philosophischer Sammlung gab, verließ Sch. im Frühjahr 1814 Weimar und zog nach Dresden, was ihm von seinen Reisen her in angenehmer Erinnerung war. Hier vollendete er zunächst seine durch Goethe's Studien über die Farbenlehre veranlaßte Abhandlung über das Sehen und die Farben im Jahre 1816. Zur Beurtheilung dieser Schrift fehlen mir die nöthigen Kenntnisse und muß ich mich deßhalb auf die Autorität der Fachleute verlassen. Während andere Philosophen jener Zeit, namentlich Schelling, von Seiten der Naturforscher eine wegwerfende Kritik erfahren, darf sich Sch. einer gewissen stillen Achtung rühmen, die ihm von einigen Vertretern der exakten Wissenschaften in sofern zu Theil wurde, als dieselben längere Stellen aus Sch.'s Schriften durch Aufnahme in ihre eigenen Bücher geehrt haben. Sie erhöhten diese Ehre noch dadurch, daß sie den Namen des Autors sowie die üblichen Anführungszeichen wegließen und so für Sch.'s Gedanken das rühmliche Vorurtheil erweckten, als verdienten dieselben aus ihrem eigenen Kopfe hervorgegangen zu sein.

Im Frühjahr 1818 vollendete Sch. sein Hauptwerk: Die Welt als Wille und Vorstellung und erreichte damit den Höhepunkt seines innern Lebens. Alles Übrige sind nur weitere, allerdings glänzende und geistreiche Erläuterungen zu jenem sein System bereits vollständig umfassenden Buch. Indem ich wohl nicht mit Unrecht annehme, daß hiermit auch Ihre Geduld für heute den Höhepunkt ihrer Leistungsfähigkeit erreicht hat, verspare ich mir eine Darstellung des Inhaltes von Sch.'s Meisterwerk für das nächste Mal.

Zweite Vorlesung.
Die Welt als Wille und Vorstellung.

Motto: La clarté est la bonne foi des philosophes.
Vauvenargues.

Verehrte Anwesende!

Indem ich es unternehme, Ihnen über den Inhalt von Sch.'s Hauptwerk zu referiren, muß ich Sie zuvörderst bitten mir und nicht Sch. die Schuld zuzuschreiben, falls es mir mißlingen sollte, Ihnen einen hohen Begriff von dem Werth jenes Buches beizubringen. Bei keinem Schriftsteller ist es so schwer wie bei dem Philosophen, in dem kurzen Zeitraum einer Stunde eine lebendige Vorstellung seiner Größe und seines Verdienstes zu erwecken. Auch ist es zunächst gar nicht meine Absicht, Sch.'s Stellung in der Geschichte der Philosophie zu beleuchten, sondern durch eine möglichst im Sinn seines Systems gemachte Composition glänzender Stilproben nachzuweisen, daß er zu den Klassikern des deutschen Volkes gehört, und in Ihnen die Lust zur Lektüre seiner Originalwerke zu erregen.

Der Titel jenes Buches war, wie wir sahen, die Welt als Wille und Vorstellung.

Die Welt ist unsere Vorstellung.

Es kennt wohl Jeder von uns das demüthige Gefühl, der winzige Bewohner eines im Weltenraum verschwindenden Sonnenstäubchens zu sein. Als Gegengift gegen diese deprimirende Betrachtung über die im Verhältniß zum All so geringe Bedeutung der menschlichen Persönlichkeit läßt sich die berühmte Entdeckung Kant's benutzen, daß jenes ungeheure Weltgebäude, von dessen Ausdehnung uns die Astro=

nomen vergebens durch gigantische Zahlen eine Vorstellung zu machen versuchen, an einem dünnen Pferdehaar hängt, und dieses Haar ist unsre Vorstellung. Nur in dieser existiren jene unermeßlichen Räume, die uns so sehr imponiren. Nicht wir sind im Raum, sondern der Raum ist in uns, er ist, wie Zeit und Causalität weiter Nichts, als unsre eigene, allen unsern Anschauungen zu Grunde liegende Erkenntnißform.

Drei Dinge wirken zusammen, um das herzustellen, was wir die Welt nennen: die Sonne, das Auge und die beleuchteten Objekte. Und wie nach dem Untergang der Sonne die Welt verschwindet und nur ein dunkles Chaos zurückläßt, so würde sie auch verschwunden sein, wenn es kein sehendes Auge gäbe, welches sie vorstellt. Vorgestellte Objekte giebt es nur für ein vorstellendes Subjekt. Und es ist sehr kindlich zu glauben, daß das, was in jenem Fall übrig bliebe, identisch sei mit dem, was unserem menschlichen Auge als die Welt erscheint.

Schon bei den Griechen finden sich Zweifel an der Realität der Außenwelt, so bei Demokrit, den Eleaten und namentlich bei Plato. Wie nach diesem die Dinge nur ein unvollkommener Abdruck sind von den ewigen Urformen oder Ideen der Gattung, so sind auch unsere Sinne, in denen die Einzeldinge sich spiegeln, nur unzuverlässige Diener der Seele, welche vor ihrem Sündenfall zur Erde, in einer bessern Welt, jene Ideen in ungetrübter Reinheit schauen durfte, aber nach einem tugendhaften Leben bei der im Tod erfolgenden Erlösung aus den Banden des Leibes in ihre glückliche Heimath zurückversetzt wird.

Die Philosophie der Neueren hat diese Wahrheit, welche Plato's künstlerischer Sinn in einen Mythus hüllte, wissenschaftlich zu beweisen gesucht. Des Cartes wird mit Recht als Vater der modernen Philosophie bezeichnet, weil er jenen Zweifel an der Realität der Außenwelt mit Bewußtsein und Nachdruck zum Ausgangspunkt aller Metaphysik gemacht hat. Wenn wir aber auch von allen Vorurtheilen abstrahiren, an allem Gegebenen zweifeln, so steht doch so viel fest, daß wir, die diesen Zweifel hegen, existiren. Das ist der Sinn jenes weltberühmten Cogito ergo sum. Ich denke, also bin ich.

Wie bei manchem großen Philosophen liegt auch bei Des Cartes das Hauptverdienst auf der negativen Seite. Man würde ihm Unrecht thun, wollte man ihn abschätzen nach der Menge der von ihm entdeckten Lehrsätze. Außer der Logik des Aristoteles und Kant's transcendentaler Ästhetik ist es überhaupt nicht sonderlich viel, was die Philosophie an positiv unumstößlichen Resultaten zu Tage gefördert. Nicht die Überlieferung fertigen Wissens ist ihre Aufgabe, sondern die Anregung zum Selbstdenken, zur Besinnung über die Dinge, die uns durch die abstumpfende Macht der Gewohnheit als selbstverständlich erscheinen, die Befreiung von allen Vorurtheilen, namentlich dem der absoluten Gültigkeit unserer Erkenntniß, und die Erzeugung jenes Zustandes des ϑαυμάζειν, der Verwunderung, die Plato als den Anfang seiner Wissenschaft bezeichnet und die am weitesten abliegt von der blasirten Weisheit unserer Tage, welche eine kindische Ehre darin sucht, sich über Nichts mehr zu wundern.

Mit Recht hat dem Des Cartes einer seiner Landsleute nachgesagt, er habe damit angefangen, Alles zu bezweifeln, und damit aufgehört, Alles zu glauben. Daß er die Überlieferungen der menschlichen Erkenntniß und diese selbst nach ihren Legitimationspapieren gefragt, ist sein Hauptverdienst; zur Lösung der erhobenen Zweifel bahnte er sich den Weg mit der etwas oberflächlichen theologischen Wendung: Da wir unsere Sinne und unsern Verstandesapparat von Gott empfangen und nicht anzunehmen sei, daß dieser uns habe täuschen wollen, so müsse Alles wohl seine Richtigkeit haben mit dem, wie es uns erscheint.

Der Engländer Locke nahm den cartesianischen Zweifel wieder auf und unterschied an den Dingen einen objektiven und einen subjektiven Theil; gewisse Eigenschaften, z. B. die Ausdehnung käme den Dingen selbst zu, andere, wie die Farbe, seien das Produkt unserer Sinnesorgane. Endlich ging Kant noch einen Schritt weiter und zog durch die Endeckung, daß Zeit, Raum und Kausalität Formen unserer Anschauung sind, von dem reellen Gehalt der Dinge auch noch das ab, was die Gehirnfunktionen denselben geborgt, sobaß die ganze anschauliche Welt in das Gebiet der Erscheinung fällt, das Ding an sich aber als ein dunkler, unbekannter Rest zurückbleibt, den wir uns umsonst zu ergründen abmühen. Denn wenn wir einen Körper auch in seine innersten, kleinsten Theile zerlegt haben, so werden diese, sobald wir sie vor das Auge bringen, sofort wieder zur Oberfläche, zur bloßen Erscheinung, zum Produkt eines unbestimmten Etwas einerseits und unserer Sinne und Gehirnfunktionen andererseits, der Kern der Dinge bleibt uns ewig verschlossen, und das Dort ist niemals hier.

Das ungefähr will es heißen, wenn Sch. die Welt unsere Vorstellung nennt; soweit steht er auf Kant's Schultern und wird nicht müde es zu rühmen, wie viel er dem tiefsinnigsten seiner Vorgänger verdankt. Nur insofern geht er bereits in diesem Theil über Kant hinaus, als er nicht nur Zeit, Raum und Kausalität, sondern schon das Auseinandertreten der Welt in Objekt und Subjekt als Beschränkung menschlicher Erkenntnißweise vom Kern der Dinge abzieht. Auch hat er wieder Ordnung gebracht in die seit Kant etwas verwirrten Competenzverhältnisse der verschiedenen Erkenntnißkräfte. Die Sinneseindrücke liefern nach Sch. nur den Rohstoff der Anschauung, nur Farbenflecke; die Anschauung selbst kommt erst mit Hülfe des Verstandes zu Stande, welcher die unmittelbare Erfassung der wirkenden Ursachen und außerdem die richtige Subsumirung der einzelnen Erscheinung unter den betreffenden Begriff besorgt; die Vernunft hat es mit den abstrakten Begriffen zu thun, mit der richtigen Verkettung der Schlüsse, kurz mit denjenigen Operationen, die in das Gebiet der Logik fallen; nicht aber ist, wie Kant's nächste Nachfolger wollten, die Vernunft ein mystisches Vernehmen des Übersinnlichen, d. h. alles dessen, wovon wir ehrlicher Weise nichts wissen können.

Ein Hauptverdienst der Erkenntnißlehre Sch.'s besteht in dem, was er über das Verhältniß der abstrakten zur anschaulichen Erkenntniß sagt. Es ist für seinen künstlerischen Geist charakteristisch, daß er der letzteren den Vorzug giebt. Zwar sind die Begriffe, das Material des abstrakten Denkens, nicht nur nützlich, sondern nothwendig zur Bewältigung und Ordnung der ungeheuren Menge einzelner Anschauungen; sie gleichen in dieser Beziehung dem Papiergeld, welches ebenfalls die Circulation großer Summen erleichtert; aber den realen Gehalt unseres Denkens liefern nur die Anschauungen und überall wo diese fehlen, haben wir nicht Begriffe, sondern bloße Worte im Kopf gehabt. „In dieser Hinsicht gleicht unser Intellekt einer Zettelbank, die, wenn sie solid sein soll, Contanten in Casse haben muß, um erforderlichen Falls alle ihre ausgestellten Noten einlösen zu können; die Anschauungen sind die Contanten, die Begriffe die Zettel." Wie also die Zettel einer zahlungsunfähigen Bank Makulatur sind, so sind auch die Bücher Makulatur, welche nur todte Begriffe überliefern, ohne Rechenschaft ablegen zu können über die zu Grunde liegenden Anschauungen. „Die Überlegenheit in der anschauenden Erkenntniß ist es allein, die ihren Stempel auch den Gesichtszügen aufdrückt, während die in der abstrakten dies nicht vermag. Daher, während manchem Ungelehrten die richtige Auffassung der anschaulichen Welt das Gepräge der Einsicht und Weisheit auf die Stirn gedrückt hat, trägt das Gesicht manches Gelehrten von seinen vielen Studien keine anderen Spuren als die der Erschöpfung und Abnutzung durch übermäßige, erzwungene Anstrengung des Gedächtnisses zu widernatürlicher Anhäufung todter Begriffe; so daß es scheint, als ob der natürliche, richtige Blick durch das Bücherlicht mehr und mehr geblendet werde..... Jenes Genügen an todten Begriffen, d. h. eigentlich bloßen Worten, trägt mehr als irgend etwas bei zur Perpetuirung der Irrthümer. Denn gestützt auf die von seinen Vorgängern überkommenen Phrasen geht Jeder getrost an Dunkelheiten oder Problemen vorbei; wodurch diese sich unbeachtet, Jahrhunderte hindurch, von Buch zu Buch fortpflanzen und der denkende Kopf, zumal in der

Jugend, in Zweifel geräth, ob etwa nur er unfähig sei, das zu verstehen, oder ob hier wirklich nichts Verständliches vorliege; desgleichen, ob für die Andern das Problem, um welches sie mit so komischer Ernsthaftigkeit alle denselben Fußpfad herumschleichen, keines sei, oder ob sie es nur nicht sehen wollen. Viele Wahrheiten bleiben blos deßhalb unentdeckt, weil Keiner den Muth hat, das Problem ins Auge zu fassen und darauf loszugehen. Im Gegentheil hiervon bewirkt die den eminenten Köpfen eigenthümliche Deutlichkeit des Denkens und Klarheit der Begriffe, daß sogar bekannte Wahrheiten, von ihnen vorgetragen, neues Licht oder wenigstens neuen Reiz gewinnen; hört oder liest man sie, so ist es, als hätte man ein schlechtes Fernrohr gegen ein gutes vertauscht."

Als Motto setzte Sch. seinem Hauptwerk das Goethe'sche Wort vor: „Ob nicht Natur zuletzt sich doch ergründe?" Giebt es denn gar keinen Weg, um der Erscheinung etwas hinter die Coulissen zu sehen und dem dort versteckten Ding an sich auf die Spur zu kommen? Allerdings giebt es einen solchen, und zwar liegt er sehr nahe. Wie alle Außendinge, so ist auch unsre leibliche Gestalt, sofern sie von andern Wesen oder auch von unsern eignen Augen betrachtet wird, bloße Erscheinung; aber es giebt noch eine andere, unmittelbarere Art, sich seiner bewußt zu werden als durch Vermittlung der Sinne und des Spiegels, und wenn auch nicht zu sehen, so doch zu fühlen, was im Kern unseres Körpers verborgen liegt. Was wir nun auf diese unmittelbare Weise hinter unserer eigenen Erscheinung als Ding an sich empfinden, nennt Sch. den Willen zum Leben, der mit Selbstbewußtsein verbunden allerdings dem Menschen eigenthümlich ist, in weniger entwickelter Form aber auch allen andern Wesen zu Grunde liegt und als dessen Objektivation oder Erscheinung sich die gesammte Welt mit allen ihren Bewohnern darstellt. Dieselbe Kraft, welche im ruhenden Stein als träge Schwere schlummert, treibt den zarten Keim der Pflanze durch die harte Erdrinde an die Oberfläche, wo er sich in die Höhe strebend zur stolzen Palmkrone entfaltet, schärft den Schnabel des Adlers, der auf seine Beute herabschießt, stählt das Herz des Eroberers, daß er ganze Völker zwingt, als traurige Werkzeuge eines despotischen Willens sich in mörderischem Bruderkriege zu zerfleischen. Und wie eine dunkle treibende Kraft allen Dingen gemein ist, so ist ihnen auch die Nothwendigkeit gemein, mit welcher dieselbe auf gewisse äußere Antriebe reagirt. Wie die angestoßene Billardkugel in der Richtung des Stoßes fortrollt, wie die Blume auf den Reiz des Sonnenlichtes ihre Blüthe entfaltet, wie der hungrige Esel nach dem vorgehaltenen Futter schnappen muß, so gewiß muß der Mensch den angeschauten oder — und dies ist sein Vorzug vor den Thieren — nur gedachten Motiven gehorchen, denen sein individueller Charakter ihn unterwirft. So sicher wie das Eisen an den vorgehaltenen Magnet anschießt, wenn nicht eine größere Gewalt es zurückhält, so sicher beißt der Habgierige an eine Million, der Eitele an eine Schmeichelei, der Ehrgeizige an eine Krone. Am weitesten scheint das künstlich verzweigte Räderwerk menschlicher Bestrebungen von der einfachen Wirkungsart der unorganischen Natur entfernt zu sein, doch auch hier weiß Sch. mit großer Beredtsamkeit eine dialektische Brücke zu schlagen zwischen dem menschlichen vom Selbstbewußtsein beleuchteten Willen und den blinden Kräften der Materie. So heißt es an einer der betreffenden Stellen:

„Wir müssen den Schlüssel zum Verständniß des Wesens an sich der Dinge, welchen uns die unmittelbare Erkenntniß unseres eigenen Wesens allein geben konnte, auch an die Erscheinungen der unorganischen Welt legen, die von allen im weitesten Abstande von uns stehen. — Wenn wir sie nun mit forschendem Blicke betrachten, wenn wir den gewaltigen, unaufhaltsamen Drang sehen, mit dem die Gewässer der Tiefe zueilen, die Beharrlichkeit, mit welcher der Magnet sich immer wieder zum Nordpol wendet, die Sehnsucht, mit der das Eisen zu ihm fliegt, die Heftigkeit, mit welcher die Pole der Elektricität zur Wiedervereinigung streben, und welche, gerade wie die der menschlichen Wünsche, durch Hindernisse gesteigert wird; wenn wir den Krystall schnell und plötzlich anschießen sehen, mit soviel Regelmäßigkeit der Bildung, die offenbar nur eine von Erstarrung ergriffene und festgehaltene ganz entschiedene und genau bestimmte Bestrebung nach verschiedenen Richtungen ist; wenn wir die Auswahl bemerken, mit der die Körper, durch den Zustand der Flüssigkeit in Freiheit gesetzt und den Banden der Starrheit entzogen, sich suchen und fliehen, vereinigen und trennen; wenn wir endlich ganz unmittelbar fühlen, wie eine Last, deren Streben zur Erdmasse unser Leib hemmt, auf diesen unabläfsig drückt und drängt, ihre einzige Bestrebung verfolgend; — so wird es uns keine große Anstrengung der Einbildungskraft kosten, selbst aus so großer Entfernung unser eigenes Wesen wiederzuerkennen, jenes nämliche, das in uns beim Licht der Erkenntniß seine Zwecke verfolgt, hier aber, in den schwächsten seiner Erscheinungen nur blind, dumpf, einseitig und unveränderlich strebt, jedoch, weil es überall eines und dasselbe ist, — so gut wie die erste Morgendämmerung mit den Strahlen des vollen Mittags den Namen des Sonnenlichts theilt, — auch hier wie dort den Namen Wille führen muß, welcher das bezeichnet, was das Sein an sich jedes Dinges in der Welt und der alleinige Kern jeder Erscheinung ist."

Sie sehen aus dieser Stelle, daß Sch. unter seinem Willen etwas Allgemeineres versteht, als was wir sonst mit diesem Wort zu bezeichnen pflegen. Wir denken gewöhnlich an ein bewußtes menschliches Streben, welches auf methodischem Wege einem selbstgesteckten Ziel nachgeht. Da Sch. den Willen auch auf die Thiere und Pflanzen, ja sogar auf die unorganische Natur ausdehnt, so hören natürlich bei ihm die Willensbestrebungen auf, den Charakter des Bewußten tragen zu müssen. Selbst im Menschen, wo der Wille von der Vernunft beleuchtet ist, erscheint er als ein blinder, despotischer Drang und diese als die Sklavin, welche ihm die Mittel schaffen muß zur Erreichung seines zweck- und bodenlosen Strebens. Denn was ist das Resultat dieses Strebens? In der ungeheuern Mehrzahl der Fälle nichts als Essen, Trinken und Erhaltung der Species, ein dürftiger Lohn für die namenlosen Leiden des Daseins. Wäre wirklich, wie gewöhnlich angenommen wird, der Intellekt, die Vernunft das herrschende Princip, dann müßte der Mensch sich mit Abscheu wegwenden von einer Existenz, die ihn zwischen Noth und Langeweile hin und herpeitscht und in der auszuharren ihn nichts bewegen kann als die despotische Gewalt des blinden Willens zum Leben. Die Schilderung der Zwecklosigkeit des Daseins gehört zu den Bravourarien der Schopenhauerschen Diktion. Eine der Hauptstellen möge hier Platz finden:

„Wenn man zuvörderst die unabsehbare Reihe der Thiere mustert, die endlose Mannigfaltigkeit ihrer Gestalten betrachtet, wie sie, nach Element und Lebensweise stets anders modificirt, sich darstellen, dabei zugleich die unerreichbare und in jedem Individuo gleich vollkommen ausgeführte Künstlichkeit des Baues und Getriebes derselben erwägt, und endlich den unglaublichen Aufwand von Kraft, Gewandtheit, Klugheit und Thätigkeit, den jedes Thier, sein Leben hindurch, unaufhörlich zu machen hat, in Betrachtung nimmt; wenn man, näher darauf eingehend, z. B. die rastlose Emsigkeit kleiner armseliger Ameisen, die wundervolle und künstliche Arbeitsamkeit der Bienen sich vor Augen stellt, oder zusieht, wie ein einzelner Todtengräber einen Maulwurf von vierzig Mal seiner eignen Größe in 2 Tagen begräbt, um seine Eier hineinzulegen und der künftigen Brut Nahrung zu sichern, hierbei sich vergegenwärtigend, wie überhaupt das Leben der meisten Insekten nichts als eine rastlose Arbeit ist, um Nahrung und Aufenthalt für die aus ihren Eiern künftig erstehende Brut vorzubereiten, welche dann, nachdem sie die Nahrung verzehrt und sich verpuppt hat, ins Leben tritt, bloß um dieselbe Arbeit von vorne wieder anzufangen; dann auch, wie, dem ähnlich, das Leben der Vögel größtentheils hingeht mit ihrer weiten und mühsamen Wanderung, dann mit dem Bau des Nestes und Zuschleppen der Nahrung für die Brut, welche selbst, im folgenden Jahre, die nämliche Rolle zu spielen hat, und so Alles stets für die Zukunft arbeitet, welche nachher Bankrott macht; — da kann man nicht umhin sich umzusehn nach dem Lohn für alle diese Kunst und Mühe, nach dem Zweck, welchen vor Augen habend die Thiere so rastlos streben, kurzum zu fragen: Was kommt dabei heraus? Was wird erreicht durch das thierische Dasein, welches so unabsehbare Anstalten erfordert? — Und da ist nun Nichts aufzuweisen als die Befriedigung des Hungers und des Begattungstriebes und allenfalls noch ein wenig augenblickliches Behagen, wie es jedem thierischen Individuo zwischen seiner endlosen Noth und Anstrengung, dann und wann zu Theil wird. Wenn man Beides, die unbeschreibliche Künstlichkeit der Anstalten, den unsäglichen Reichthum der Mittel, und die Dürftigkeit des dadurch Bezweckten und Erlangten neben einander hält, so bringt sich die Einsicht auf, daß das Leben ein Geschäft ist, dessen Ertrag bei Weitem nicht die Kosten deckt. Am augenfälligsten wird dies an manchen Thieren von besonders einfacher Lebensweise. Man betrachte z. B. den Maulwurf, diesen unermüdlichen Arbeiter. Mit seinen übermäßigen Schaufelpfoten angestrengt zu graben, — ist die Beschäftigung seines ganzen Lebens; bleibende Nacht umgiebt ihn, seine embryonischen Augen hat er blos, um das Licht zu fliehen. Was aber nun erlangt er durch diesen mühevollen und freudenleeren Lebenslauf? Futter und Begattung: also nur die Mittel, dieselbe traurige Bahn fortzusetzen und wieder anzufangen im neuen Individuo. An solchen Beispielen wird es deutlich, daß zwischen den Mühen und Plagen des Lebens und dem Ertrag oder Gewinn desselben kein Verhältniß ist. Junghuhn erzählt, daß er auf Java ein unabsehbares Feld ganz mit Gerippen bedeckt erblickt und für ein Schlachtfeld gehalten habe; es waren jedoch lauter Gerippe großer, fünf Fuß langer, drei Fuß breiter und eben so hoher Schildkröten, welche, um ihre Eier zu legen, vom Meere aus dieses Weges gehn und dann von wilden Hunden angepackt werden, die mit vereinten Kräften sie auf den Rücken legen, ihnen den untern Harnisch, also die kleinen Schilder des Bauches aufreißen und so sie lebendig verzehren. Oft aber fällt alsdann über die Hunde ein Tiger her. Dieser ganze Jammer nun wiederholt sich tausend und aber tausend Mal, Jahr aus Jahr ein. Dazu werden also diese Schildkröten geboren. Für welche Verschuldung müssen sie diese Qual leiden? Wozu die ganze Greuelscene? Darauf ist die einzige Antwort: So objektivirt sich der Wille zum Leben."

„Nehmen wir jetzt noch die Betrachtung des Menschengeschlechtes hinzu, so wird die Sache zwar komplicirter und erhält einen gewissen ernsten Anstrich: doch bleibt der Grundcharakter unverändert. Auch hier stellt das Leben sich keineswegs dar als ein Geschenk zum Genießen, sondern als eine Aufgabe, ein Pensum zum Abarbeiten, und dem entsprechend sehen wir, im Großen wie im Kleinen, allgemeine Noth, rastloses Mühen, beständiges Drängen, endlosen Kampf, erzwungene Thätigkeit, mit äußerster Anstrengung aller Leibes- und Geisteskräfte. Viele Millionen, zu Völkern vereinigt, streben nach dem Gemeinwohl, jeder Einzelne seines eigenen wegen; aber viele Tausende fallen als Opfer für dasselbe. Bald unsinniger Wahn, bald grübelnde Politik, hetzt sie zu Kriegen auf einander; dann muß Schweiß und Blut des großen Haufens fließen, die Einfälle Einzelner durchzusetzen, oder ihre Fehler abzubüßen. Im Frieden ist Industrie und Handel thätig, Erfindungen thun Wunder, Meere werden durchschifft, Leckereien aus allen Enden der Welt zusammengeholt, die Wellen verschlingen Tausende. Alles treibt, die Einen sinnend, die Andern handelnd, der Tumult ist unbeschreiblich. — Aber der letzte Zweck von dem Allen, was ist er? Ephemere und geplagte Individuen eine kurze Spanne Zeit hindurch zu erhalten, im glücklichsten Fall mit erträglicher Noth und komparativer Schmerzlosigkeit, der aber auch sogleich die Langeweile aufpaßt; sodann die Fortpflanzung dieses Geschlechts und seines Treibens."

Die sekundäre Stellung, welche Sch. dem Geist des Menschen als einem Frohnknecht der egoistischen Bestrebungen des Willens anweist im Gegensatz zu Plato und den meisten christlichen Philosophen, hat ihm den ungerechtfertigten Verdacht materialistischer Gesinnung zugezogen, von welcher er ebenso weit entfernt ist wie von optimistischer Beschönigung der Leiden des Lebens. Es ist freilich deprimirend, daß

Herz und Gehirn des Herrn der Schöpfung vom Magen und Umgegend abhängig sind; aber darum ist es doch nicht weniger wahr; und wer die Dinge und Menschen darauf ansieht, nicht wie sie sein sollen, sondern wie sie sind, der wird jedenfalls die Behauptung der Stoiker, der Weise sei auch auf der Folterbank glücklich, für eine kindische Deklamation halten, dagegen dem großen Herzenskündiger Recht geben, der die Worte gedichtet:

„Denn noch bis jetzt gab's keinen Philosophen,
„Der mit Geduld den Zahnschmerz tragen konnte,
„Hätt' er der Götter Sprache gleich geredet,
„Und Schmerz und Zufall als ein Nichts verlacht."

Es hat wohl Jeder von uns schon an sich und Anderen unzählige Erfahrungen gemacht, welche Sch.'s Lehre von der Herrschaft des Willens über den Intellekt bestätigen. Nicht weil wir erkannt haben, daß etwas gut ist, wollen wir dasselbe, sondern wir wollen es und deßhalb nennen wir es gut. Die leiseste Willensregung trübt sofort die Spiegelfläche des Intellektes und läßt nur verzerrte Bilder auf ihr erscheinen. Bei der geringsten Gemüthsbewegung und Betheiligung persönlicher Interessen ist uns ein richtiges Urtheil so schwer „wie das Lesen eines Briefes beim Licht der Fackel, das vom Wind hin und her getrieben wird." Wer uns schmeichelt, erscheint uns als der liebenswürdigste und scharfsinnigste aller Sterblichen, und wer uns unangenehme Beiträge zur Selbsterkenntniß giebt, setzt sich der Gefahr aus, bedauernswerther Stumpfsinnigkeit oder hämischer Bosheit bezichtigt zu werden. Es ist wirklich haarsträubend zu sehn, in welcher schimpflichen Abhängigkeit der Verstand der gescheitesten Leute von persönlichen Beziehungen steht. Wer es über sein ehrliches Herz bringen könnte, diese Schwäche mit Humor zu benutzen, der würde nicht nur eine glänzende Carrière machen, sondern auch eine unerschöpfliche Quelle des köstlichsten Amüsements gewinnen.

Sollte es nun aber wirklich kein besseres Glück geben, als das aus geschickter Benutzung menschlicher Schwäche und Habsucht quellende? Ist wirklich keine Erlösung möglich aus der Höllenqual der sich tausendfach kreuzenden Willensbestrebungen des mehr oder weniger dressirten Raubthiers, welches wir gewohnt sind, mit dem Namen Mensch zu bezeichnen? Ist keine uninteressirte, ohne jeden egoistischen Zweck thätige Erkenntniß möglich? Auf diese Frage giebt uns Schopenhauer die Antwort:

„So lange unser Bewußtsein von unserem Willen erfüllt ist, so lange wir dem Drang der Wünsche mit seinem steten Hoffen und Fürchten hingegeben sind, so lange wir Subjekt des Wollens sind, wird uns nimmermehr dauerndes Glück noch Ruhe. Ob wir jagen oder fliehen, Unheil fürchten oder nach Genuß streben, ist im Wesentlichen einerlei; die Sorge für den stets fordernden Willen, gleichviel in welcher Gestalt, erfüllt und bewegt fortdauernd das Bewußtsein; ohne Ruhe aber ist durchaus kein wahres Wohlsein möglich. So liegt das Subjekt des Wollens beständig auf dem drehenden Rade des Ixion, schöpft immer im Siebe der Danaiden, ist der ewig schmachtende Tantalus."

„Wenn aber äußerer Anlaß oder innere Stimmung uns plötzlich aus dem endlosen Strome des Wollens heraushebt, die Erkenntniß dem Sklavendienste des Willens entreißt, die Aufmerksamkeit nun nicht mehr auf die Motive des Wollens gerichtet wird, sondern die Dinge frei von ihrer Beziehung auf den Willen auffaßt, also ohne Interesse, ohne Subjektivität, rein objektiv sie betrachtet, ihnen ganz hingegeben, sofern sie blos Vorstellungen, nicht sofern sie Motive sind: dann ist die auf jenem ersten Wege des Wollens immer gesuchte, aber immer entfliehende Ruhe mit einem Male von selbst eingetreten, und uns ist völlig wohl. Es ist der schmerzlose Zustand, den Epikur als das höchste Gut und als den Zustand der Götter pries: denn wir sind, für jenen Augenblick, des schnöden Willensdranges entledigt, wir feiern den Sabbath der Zuchthausarbeit des Wollens, das Rad des Ixion steht still."

Wer jemals, überwältigt von der furchtbaren Schönheit einer

Tragödie Shakespeare's, geadelt und über sich hinausgehoben durch den imponirenden Eindruck der stillen Hoheit, welche aus den Antikensälen dem Besucher entgegenweht, oder geheiligt von dem himmlischen Frieden, den Rafael über die Engelsköpfe seiner sixtinischen Madonna ausgegossen, wer unter solchen Eindrücken sich und seine kleinen Leiden oder Freuden eine Zeit lang vergaß, gleichsam eins werdend mit dem bewunderten Objekt und so die Grenzen der gewöhnlichen, von egoistischen Motiven geleiteten, Erkenntniß durchbrechend — der wird wissen, was Sch. mit den oben citirten Worten sagen will.

Steigert sich nun jene glückliche Stimmung der Abstraktion von allen persönlichen Beziehungen und der Auflösung in den angestaunten Gegenstand bis zur Produktionskraft, dann tritt uns die abnorme Erscheinung entgegen, die wir gewöhnlich mit dem Namen des Genie's bezeichnen. Sch. hat uns aus eigener Erfahrung das Wesen des Genie's in einer besondern Abhandlung und in vielen einzelnen Stellen geschildert, wo es unter Anderem heißt:

„Der gewöhnliche Mensch, diese Fabrikwaare der Natur, wie sie solche täglich zu Tausenden hervorbringt, ist, wie gesagt, einer in jedem Sinn völlig uninteressirten Betrachtung, welches die eigentliche Beschaulichkeit ist, wenigstens durchaus nicht anhaltend fähig; er kann seine Aufmerksamkeit auf die Dinge nur insofern richten, als sie irgend eine, wenn auch nur sehr mittelbare Beziehung auf seinen Willen haben. Da in dieser Hinsicht, welche immer nur die Erkenntniß der Relationen erfordert, der abstrakte Begriff des Dinges hinlänglich und meistens selbst tauglicher ist; so weilt der gewöhnliche Mensch nicht lange bei der bloßen Anschauung, heftet daher seinen Blick nicht lange auf einen Gegenstand; sondern sucht bei Allem, was sich ihm darbietet, nur schnell den Begriff, unter den es zu bringen ist, wie der Träge den Stuhl sucht, und dann interessirt es ihn nicht weiter. Daher wird er so schnell mit Allem fertig, mit Kunstwerken, schönen Naturgegenständen und dem eigentlich überall bedeutsamen Anblick des Lebens in allen seinen Scenen. Er aber weilt nicht; nur seinen Weg im Leben sucht er, allenfalls auch Alles, was einmal sein Weg werden könnte, also topographische Notizen im weitesten Sinn; mit der Betrachtung des Lebens selbst als solchen verliert er keine Zeit. Der Geniale dagegen, dessen Erkenntnißkraft durch ihr Uebergewicht sich dem Dienste seines Willens auf eine Zeit entzieht, verweilt bei der Betrachtung des Lebens selbst, strebt die Idee jedes Dings zu erfassen, nicht dessen Relationen zu anderen Dingen; darüber vernachlässigt er häufig die Betrachtung seines eigenen Weges im Leben und geht solchen daher meistens ungeschickt genug. Während dem gewöhnlichen Menschen sein Erkenntnißvermögen die Laterne ist, die seinen Weg beleuchtet, ist es dem Genialen die Sonne, welche die Welt offenbar macht." —

"Daraus, daß die Erkenntnißweise des Genie's wesentlich die von allem Wollen und seinen Beziehungen gereinigte ist, folgt auch, daß die Werke desselben nicht aus Absicht oder Willkühr hervorgehen. Das Talent arbeitet um Geld und Ruhm; hingegen ist die Triebfeder, welche das Genie zur Ausarbeitung seiner Werke bewegt, nicht so leicht anzugeben; Geld wird ihm selten dafür, der Ruhm ist es nicht; so etwas können nur Franzosen glauben. Auch ist es nicht geradezu das eigne Ergötzen an der Produktion des Kunstwerks; denn dieses wird von der großen Anstrengung fast überwogen. Vielmehr ist es ein Instinkt ganz eigner Art, vermöge dessen das geniale Individuum getrieben wird, sein Schauen und Fühlen in dauernden Werken auszudrücken, ohne sich dabei eines ferneren Motivs bewußt zu sein. Im Ganzen genommen geschieht es mit derselben Nothwendigkeit, mit welcher der Baum seine Früchte trägt, und erfordert von Außen Nichts weiter als einen Boden, auf welchem das Individuum gedeihen kann, und Befreiung von der Schererei des praktischen Lebens, sowie allen Arbeiten, denen der Dümmste ebenso gut gewachsen ist, um so mehr als der letztere bei seiner mechanischen Thätigkeit nicht durch das Gefühl gestört wird, zu etwas Besserem geboren zu sein.

Freie Muße ist das höchste Glück des Genie's und ihm ein genügender Preis seiner Arbeit; wird ihm dieser zu Theil, so verlangt es nach nichts Anderem, sondern ist sich selbst genug. Die Tugend erwartet ihren Lohn im Jenseit, die Klugheit sucht ihn in dieser Welt; das Genie weder hier noch dort, es ist sein eigner Lohn."

„Wie die Werke des Genie's ihr Dasein keinen eigennützigen Motiven verdanken, so dienen dieselben auch keinen nützlichen Zwecken. Es werde musicirt oder philosophirt, gemalt oder gedichtet, ein Werk des Genie's ist kein Ding zum Nutzen. Unnütz zu sein gehört zum Charakter der Werke des Genie's, es ist ihr Adelsbrief. Alle übrigen Menschenwerke sind da zur Erhaltung oder Erleichterung unserer Existenz; blos die hier in Rede stehenden nicht, sie allein sind ihrer selbst wegen da und sind in diesem Sinn als die Blüthe oder der reine Ertrag des Daseins anzusehen. Deßhalb geht beim Genuß derselben uns das Herz auf; wir tauchen dabei empor aus dem schweren Erdenäther der Bedürftigkeit. Demgemäß sehen wir das Schöne selten mit dem Nützlichen vereint. Die schönen und hohen Bäume tragen kein Obst, die Obstbäume sind kleine häßliche Krüppel. Die schönsten Gebäude sind nicht die nützlichen, ein Tempel ist kein Wohnhaus. Ein Mensch von hohen, seltnen Geistesgaben, genöthigt einem blos nützlichen Geschäft, dem der Gewöhnlichste gewachsen wäre, obzuliegen, gleicht einer köstlichen, mit schönster Malerei geschmückten Vase, die als Kochtopf verbraucht wird, und die nützlichen Leute mit den Leuten von Genie vergleichen, ist wie Bausteine mit Diamanten vergleichen."

Hat es nun die Grausamkeit des Schicksals und die Bosheit seiner menschlichen Verweser einmal mit sich gebracht, daß die Diamanten als Bausteine, die griechischen Vasen als Kochtöpfe gemißbraucht werden, so ist das für den Betreffenden nicht nur, sondern auch für die unter der Sonnenfinsterniß des Genie's mitleidende Welt ein großer Jammer, es ist die schlimmste von den mancherlei Ursachen der Melancholie, welche schon Aristoteles als die Grundstimmung des Genie's bezeichnet. Die überirdische, contemplative Heiterkeit, die im Gegensaß zu dem spähenden Blick und gehetzten Treiben des praktischen Menschen die Stirn des Genius verklärt, ist auch bei diesem nur Ausnahme von der Regel, wird ihm nur in Augenblicken innerer Offenbarung zu Theil, wo der Intellekt sich loslösend vom Dienst des Willens, dessen Bleigewicht ihn immer wieder nach unten zu ziehen strebt, eine Zeit lang aus freien Stücken thätig ist. Dann ist er von der größten Reinheit und wird zum klaren Spiegel der Welt. In solchen Augenblicken wird gleichsam die Seele unsterblicher Werke erzeugt. Aber es sind nur Augenblicke, nur Ausnahmen von der melancholischen Regel. Sch., dem das Schicksal den Jammer erspart hatte, seine hohen Gaben im Dienste niedriger Zwecke und gemeiner Menschen schänden zu müssen, erklärt jene Melancholie daraus, daß der Wille zum Leben, von je hellerem Intellekt er sich beleuchtet findet, desto deutlicher das Elend seines Zustandes wahrnimmt. Es ist derselbe Gedanke, den Schiller's Kassandra in den Worten ausspricht:

„Wer erfreute sich des Lebens,
„Der in seine Tiefen blickt."

Daß Sch.'s persönliches Theil an diesem Elend des Daseins im Vergleich zu manchem seiner genialen Leidensgefährten ein ziemlich erträgliches war, macht der Uneigennützigkeit seines Pessimismus alle Ehre. Jene überirdische, dem Jammer des Daseins entrückte und entrückende Heiterkeit und diese häufig bemerkte trübe Stimmung hochbegabter Geister widersprechen sich also nicht, sondern haben ihr Gegenbild am Montblanc, „dessen Gipfel meistens bewölkt ist; aber wenn bisweilen, zumal früh morgens, der Wolkenschleier reißt, und nun der Berg, vom Sonnenlichte roth, aus seiner Himmelshöhe über den Wolken auf Chamouny herabsieht, dann ist es ein Anblick, bei welchem Jedem das Herz im tiefsten Grunde aufgeht." Jedem wenigstens, fügen wir hinzu, der soviel geistige Empfänglichkeit besitzt, daß er an den Meisterwerken der Schöpfung und des Menschengeistes eine wirkliche, aufrichtige Freude zu empfinden vermag. Es gehört wahrlich wenig Bildung und Geist dazu, um in den oben beschriebenen

Zustand genialer Selbstvergessenheit erhoben zu werden, sei es nun von der gelungenen Darstellung eines klassischen Drama's, oder durch den hinreißenden Anblick der Alpenwelt, deren schneebedeckte Gipfel sich in wundervoller Reinheit abheben von dem dunkeln Blau des in majestätischer Pracht darüber ausgespannten Himmels. Und doch giebt es, wie Jeder weiß, der Gelegenheit hatte, reisende Engländer oder die Gespräche eines hauptstädtischen Theaterpublikums zu belauschen, doch giebt es Menschen von so unglaublicher Stumpfheit, daß ihnen Nichts imponirt. Ja sie suchen selbst einen Ruhm darin, kalt zu bleiben Werken gegenüber, welche sogar Steine und Klötze zu erwärmen geeignet sind. Sie möchten ihren stumpfen Mangel an Congenialität als Scharfsinn verkaufen und wo möglich noch kritischer erscheinen als der große Lessing, der auf seine Fähigkeit, auch am Schlechten eine gute Seite zu entdecken, stolzer war als auf Alles, was er sonst wußte und konnte. Statt dessen wird jetzt Dem die Krone zu Theil, welcher auch am Besten nichts Sonderliches zu finden weiß. Nichts Entsetzlicheres giebt es für einen modernen Kritikus, als das Bewußtsein, etwas gelobt zu haben, was ein anderer noch mehr blasirter Recensent für unbedeutend erklärt; gleich als wenn der häufige Gebrauch des Wortes unbedeutend genügte, um Jemandem den Ruf eines scharfen Urtheils zu verschaffen. In diesem Fall könnte man ohne pädagogische Vorbildung jeden Staarmatz zu einem Rivalen von Bentley und Lessing heranbilden. Dringt dann aber ein bisher übersehener Zeitgenosse endlich durch, so ist es sehr spaßhaft, das Wettrennen mit anzusehen, in dem unsere scharfsinnigen Recensenten sich beeilen, aus dem Lager der blasirten Verächter überzuspringen in das der Propheten, welche die künftige Größe der betreffenden Persönlichkeit längst vorausgesagt hatten. So ist die Überbildung unserer blasirten Civilisation wieder umgeschlagen in die bestialische Rohheit derjenigen Wesen, in welchen Darwin's Anhänger ihre Stammväter erkennen. Doch giebt es noch etwas Schlimmeres als bloße Gleichgültigkeit. Anstatt dem Genie dankbar zu sein, daß es durch seine Werke uns wenigstens auf Augenblicke den ordinären Sorgen des gewöhnlichen Lebens entrückt, rächen sich Manche an demselben für das in ihren niedrigen Seelen durch fremden Ruhm erregte schmerzliche Gefühl der eigenen Inferiorität, indem sie auf die moralischen oder intellektuellen Mängel ihrer begabteren Nebenmenschen Jagd machen. Dabei benehmen sie sich zuweilen so ungeschickt, gerade diejenigen Fehler zu rügen, die im eigensten Wesen des Genie's begründet und mit den Vorzügen desselben organisch verbunden sind; Fehler, deren Abwesenheit ebenso wie die der positiven Vorzüge den Philister zum Antipoden des Genie's stempeln: denn Chacun a les défauts de ses vertus. Plato erzählt uns in seinem Theätet, wo er sich mit Behaglichkeit über den Unterschied von praktischen und philosophischen Naturen ergeht, eine Anekdote, aus der wir ersehen, daß schon Thales von Milet, der älteste uns bekannte Philosoph, wegen seines Mangels an weltlicher Klugheit verspottet wurde. Als nemlich dieser Weise einst über der Betrachtung des gestirnten Himmels in eine Grube fiel, verhöhnte ihn eine thracische Magd, daß er seinen Geist über die Sterne fliegen lasse, ehe er es gelernt habe, auf der Erde zu gehen. Das Geschlecht der thracischen Mägde ist noch nicht ausgestorben. Wie oft hört man noch heutigen Tages spotten über die Unbehülflichkeit, mit welcher das Genie seinen Lebensweg geht; und doch würde eine größere Aufmerksamkeit auf seine persönlichen Interessen dasselbe unfähig machen für seine höhere Aufgabe. Man kann nicht zweien Herren dienen. Zwar so ganz unschuldig ist auch das kindlichste Genie nicht, daß es nicht den sämmtlichen Apparat der vielgerühmten Lebensklugheit leicht übersähe, aber es ist zu stolz und zu reinlich um davon Gebrauch zu machen und sieht je nach der Beschaffenheit des Falles mit sittlichem Ekel oder mit olympischem Humor herab auf die servile Pfiffigkeit des Philisters.

Wenn jene dem Genie eigenthümliche Vernachlässigung irdischer Verhältnisse so weit geht, daß ein genialer Mensch z. B. in den furchtbar prächtigen Anblick seines brennenden Hauses verloren seine Werthpapiere zu retten vergäße, in einem derartigen Fall würden Viele die schmale Grenze zwischen Genie und Wahnsinn für überschritten halten und begreifen, was Plato, Schopenhauer und andere competente Beurtheiler sagen wollen, wenn sie keine geniale Leistung ohne einen gewissen Wahnsinn für möglich erklären. Denn der Intellekt des Normalmenschen ist zur Bedienung des Willens geboren; emancipirt er sich von diesem Dienst, so überschreitet er, und zwar selten ungestraft, die ihm gesetzte Schranke. Wie er das für seinen Lebenslauf Wichtigste vernachlässigt, so faßt er wiederum vieles für sein Fortkommen Gleichgültige mit unverhältnißmäßiger Leidenschaft auf. Denn er sieht in der kleinsten sogut wie Andere nur in der auffallendsten Erscheinung eine Repräsentation der betreffenden Idee, im Einzelnen immer das Allgemeine. So auch im moralischen Gebiet. Das betrogene Vertrauen in die Uneigennützigkeit anderer Menschen läßt ihn bald im Mißtrauen über das Ziel schießen und bei der geringsten Veranlassung moralische Todesurtheile aussprechen, während er früher zu optimistisch gesinnt war, weil er seine eigene Anständigkeit a priori auch bei seinen Nebenmenschen voraussetzte. So paßt sein Maßstab nie zu den wirklichen Verhältnissen, und er geräth zuletzt in die nervöse Stimmung, welche Goethe in seinem Tasso geschildert hat.

„Welche Vernünftigkeit,“ sagt Sch. bei Betrachtung der Kehrseite des Genie's, „ruhige Fassung, völlige Sicherheit und Gleichmäßigkeit des Betragens zeigt doch der wohlausgestattete Normalmensch im Vergleich mit der bald träumerischen Versunkenheit, bald leidenschaftlichen Aufregung des Genialen, dessen innere Qual der Mutterschooß unsterblicher Werke ist. Zu dem Allen kommt noch, daß das Genie wesentlich einsam lebt. Es ist zu selten als daß es leicht auf seines Gleichen treffen könnte, und zu verschieden von den übrigen, um ihr Geselle zu sein. Bei ihnen ist das Wollen, bei ihm das Erkennen das Vorwaltende. Daher sind ihre Freuden nicht seine, seine nicht ihre. Darum und wegen der Ungleichheit des Schrittes ist jener nicht zum gemeinschaftlichen Denken, d. h. zur Conversation mit den andern geeignet; sie werden an ihm und seiner drückenden Überlegenheit so wenig Freude haben wie er an ihnen. Sie werden daher sich behaglicher mit ihres Gleichen fühlen, und er wird die Unterhaltung mit Seinesgleichen, obschon sie in der Regel nur durch ihre nachgelassenen Werke möglich ist, vorziehen. Sehr richtig sagt daher Chamfort: „Il y a peu de vices, qui empêchent un homme d'avoir beaucoup d'amis autant que peuvent le faire de trop grandes qualités."

Unter den landläufigen Vorwürfen, welche dem Genie gemacht zu werden pflegen, ist einer der häufigsten der, daß sie ewig Kinder bleiben; eins der liebenswürdigsten Beispiele für diese Wahrheit ist Mozart; auch Goethen wurde von Herder dasselbe tadelnd nachgesagt. Wie die wirklichen Kinder ihren Eltern die Nahrungssorgen überlassen und sich in unbekümmerter Heiterkeit den auf sie von Außen einströmenden Eindrücken hingeben, so haben auch jene erwachsenen Kinder die für ihre Umgebung oft etwas unbequeme Neigung, alle niedrigen, aber leider nothwendigen Geschäfte des praktischen Lebens vertrauensvoll in die Hände desjenigen zu legen, ohne dessen Willen kein Sperling vom Dache fällt. Nach dem oben Gesagten wird Niemand sich wundern, daß Sch. den kindlichen Charakter des Genie's zu dessen hohen Vorzügen rechnet; und zwar beruht derselbe nach ihm hauptsächlich auf dem Überschuß der Erkenntnißkräfte über die Bedürfnisse des Willens und im daraus entspringenden Vorwalten der blos erkennenden Thätigkeit. „Wirklich ist jedes Kind gewissermaßen ein Genie und jedes Genie gewissermaßen ein Kind." Beide segeln auf dem hohen Meer der Erkenntniß, unangefochten von der philiströsen Hast der Erwachsenen, jedes neu gewonnene Wissen sofort in den sichern Hafen der praktischen Verwerthung einzuheimsen. „Jedes Genie," fährt Sch. weiter unten fort, „ist schon darum ein großes Kind, weil es in die Welt hineinschaut als in ein Fremdes, ein Schauspiel, daher mit rein objektivem Interesse. Demgemäß hat es, so wenig wie das Kind, jene trockne Ernsthaftigkeit des Gewöhnlichen, als welche,

4*

keines andern als des bloß subjektiven Interesses fähig, in den Dingen immer nur Motive für ihr Thun sehen. Wer nicht zeitlebens gewissermaßen ein großes Kind bleibt, sondern ein ernsthafter, nüchterner, durchweg gesetzter und vernünftiger Mann wird, kann ein sehr nützlicher Bürger dieser Welt sein, aber nimmermehr ein Genie. In der That ist das Genie es dadurch, daß jenes dem Kindesalter natürliche Überwiegen des sensibeln Systems und der erkennenden Thätigkeit sich bei ihm, abnormer Weise, das ganze Leben hindurch erhält, also hier ein perennirendes wird. Eine Spur davon zieht sich freilich auch bei manchem gewöhnlichen Menschen noch bis ins Jünglingsalter hinüber, daher z. B. an manchen Studenten noch ein rein geistiges Streben und eine geniale Excentricität unverkennbar ist. Allein die Natur kehrt in ihr Gleis zurück; sie verpuppen sich und erstehen im Mannesalter als eingefleischte Philister, über die man erschrickt, wenn man sie in späteren Jahren wieder antrifft. Darauf beruht auch Goethe's schöne Bemerkung: „Kinder halten nicht, was sie versprechen, junge Leute sehr selten; und wenn sie Wort halten, hält es ihnen die Welt nicht."

Als Gegensatz des Genie's habe ich mehrfach nach Sch.'s Vorgang, der mit dem gewöhnlichen Sprachgebrauch hierbei im Ganzen übereinstimmt, die modernen Repräsentanten jenes phönicischen Küstenstammes genannt, welcher in früheren Zeiten dem auserwählten Volke Gottes so viel zu schaffen machte. Unter Philistern versteht Sch. nicht, wie vielleicht mancher Student anzunehmen geneigt sein möchte, jeden unbescholtenen Biedermann, der eine Rechnung bezahlt haben will, sondern alle diejenigen Mitglieder der menschlichen Gesellschaft, die ihre persönlichen, für die intellektuelle Entwicklung des Menschengeschlechtes gleichgültigen Zwecke mit jenem trocknen Ausdruck würdevollen Ernstes verfolgen, „der nur noch von dem Ernst der Thiere übertroffen wird, welche niemals lachen." Wer gewohnt ist von der Erscheinung sich nicht über das Wesen der Dinge und Menschen, von Worten und Handlungen sich nicht über die Motive täuschen zu lassen, der wird zu seinem großen Ergötzen die satirischen Ausfälle Sch.'s gegen die feierliche Würde jener Geheimenrathsmiene lesen, die oft dem kleinlichsten Streben zum Aushängeschild dient. In der That reizt Nichts unwiderstehlicher zum Lachen als die Betrachtung des unglücklichen Versuches, durch Aneignung eines gewissen imponirenden Anstandes sich selbst und Andern einzubilden, man sei etwas ungemein Bedeutendes und für die Regierung der Welt schlechterdings unentbehrlich. Den äußersten Gegensatz zu diesen unglücklichen Würdenträgern bildet die Persönlichkeit Lessings, von dem Goethe in Wahrheit und Dichtung sagt, er habe seine Würde jeden Augenblick wegwerfen können, da er in sich das Zeug gefühlt, sie jeden Augenblick wieder aufzunehmen. Nur wenn der Ernst geadelt ist durch das Martyrium der Wahrheit oder geheiligt durch den Dienst der Menschenliebe, dann hört er auf lächerlich zu sein.

Damit der Tragödie das Satyrspiel nicht fehle, hat Sch. am Ende dieses Capitels eine Anzahl Stellen aus Cuvier und andern Naturforschern gesammelt, aus denen hervorgeht, daß der Mensch im Bezug auf das nach dem Kindesalter allmähliche Zurücktreten der intellektuellen Interessen hinter die schnöden Triebe des Willens sein Gegenstück am Orang Utang hat. Denn dieser in seiner Jugendzeit höchst intelligente Affe verliert, wenn er herangewachsen ist, die große Menschenähnlichkeit des Antlitzes und seinen erstaunlichen Verstand, indem der untere, thierische Theil des Gesichtes sich vergrößert, die Stirn dadurch zurücktritt, die Thätigkeit des Nervensystems sinkt und an ihrer Stelle eine außerordentliche Muskelkraft sich entwickelt, welche, als zu seiner Erhaltung ausreichend, die große Intelligenz jetzt überflüssig macht. So hat denn nach Sch. die Natur sich dem Affen und dem Philister wohlthätiger erwiesen als dem genialen Menschen, den sein überschüssiger Intellekt für das praktische Leben untauglich und oft unglücklich genug macht.

Der Kürze der Zeit wegen muß ich es mir versagen, näher auf Sch.'s Ästhetik und seine originellen Bemerkungen über die einzelnen

Künste einzugehen, wie jede von ihnen nach Maßgabe des ihr eigenthümlichen Materials und ihrer besonderen Technik den Allen gemeinsamen Zweck zu erreichen sucht, die platonischen Ideen oder Urformen der Dinge unter Abstreifung aller zufälligen Mängel der einzelnen Erscheinung darzustellen. Die zum Handwerk herabgesunkene Kunst, die Plato aus seinem idealen Staat verbannt wissen wollte, malt die Wirklichkeit ab, die ächte Kunst sucht dagegen die Urbilder zu zeichnen, von denen die wirklichen Dinge nur eine unvollkommene Copie sind. Und wie so die höchste Aufgabe aller Künste trotz der großen Verschiedenheit ihrer Mittel dieselbe, so ist auch ihre Wirkung eine ähnliche. Je vollkommener die Werke der verschiedenen Kunstgattungen sind, desto mehr, meint Sch., gleichen sie sich in dem auf das Publikum hervorgebrachten Eindruck. Die höchsten Spitzen der auf dem verschiedensten Boden erwachsenen Künste laufen in der Wölbung desselben Himmels zusammen.

Um dieses Himmels theilhaftig zu werden, bedarf es nur des Freiwerdens der Erkenntniß vom Sklavendienst des Willens. „Glück und Unglück sind dann verschwunden; wir sind nicht mehr das Individuum, es ist vergessen, sondern nur noch reines Subjekt der Erkenntniß; wir sind nur noch da als das Eine Weltauge, was aus allen erkennenden Wesen blickt, im Menschen allein aber völlig frei vom Dienste des Willens werden kann, wodurch aller Unterschied der Individualität so gänzlich verschwindet, daß es alsdann einerlei ist, ob das schauende Auge einem mächtigen König, oder einem gepeinigten Bettler angehört. Denn weder Glück noch Unglück wird über jene Grenze mit hinüber genommen. So nahe liegt uns beständig ein Gebiet, auf welchem wir allem unserm Jammer gänzlich entronnen sind; aber wer hat die Kraft sich lange darauf zu erhalten?"

Dauernde Befreiung von der Tyrannei des Willens gewährt uns nicht der Genius, sondern nur die entschlossene Resignation auf alles Erdenglück, die Erkenntniß, daß wir nicht zur Freude, sondern zum Leiden geboren sind, zum Abarbeiten eines sauern Pensums, oder um mich Sch.'s stehenden Kunstausdrucks zu bedienen: die Verneinung des Willens zum Leben. Denn des Menschen Wille ist nicht sein Himmelreich, sondern seine Hölle. Darum ist keine Ruhe und kein Frieden möglich ohne Brechung des Willens. Zu diesem verzweifelten Endziel seiner Philosophie weist uns Sch. hin im vierten, dem letzten Theil seines Hauptwerkes mit den schönen, traurigen Worten: „Aus der Nacht der Bewußtlosigkeit zum Leben erwacht findet der Wille sich als Individuum, in einer end= und grenzenlosen Welt, unter zahllosen Individuen, alle strebend, leidend, irrend; und wie durch einen bangen Traum eilt er zurück zur alten Bewußtlosigkeit. — Bis dahin jedoch sind seine Wünsche grenzenlos, seine Ansprüche unerschöpflich, und jeder befriedigte Wunsch gebiert einen neuen. Keine auf der Welt mögliche Befriedigung könnte hinreichen, sein Verlangen zu stillen, seinem Begehren ein endliches Ziel zu setzen und den bodenlosen Abgrund seines Herzens auszufüllen. Daneben nun betrachte man, was dem Menschen an Befriedigungen jeder Art in der Regel wird; es ist meistens nicht mehr, als die, mit unablässiger Mühe und steter Sorge, im Kampf mit der Noth, täglich errungene, kärgliche Erhaltung dieses Daseins selbst, den Tod im Prospekt. — Alles im Leben giebt kund, daß das irdische Glück bestimmt ist, vereitelt oder als eine Illusion erkannt zu werden. Hierzu liegen tief im Wesen der Dinge die Anlagen. Demgemäß fällt das Leben der meisten Menschen trübselig und kurz aus. Die komparativ Glücklichen sind es meistens nur scheinbar, oder aber sie sind wie die Langlebenden, seltene Ausnahmen, zu denen eine Möglichkeit übrig bleiben mußte — als Lockvogel. Das Leben stellt sich dar als ein fortgesetzter Betrug, im Kleinen wie im Großen. Hat es versprochen, so hält es nicht; es sei denn um zu zeigen, wie wenig wünschenswerth das Gewünschte war; so täuscht uns also bald die Hoffnung, bald das Gehoffte. Hat es gegeben, so war es, um zu nehmen. Der Zauber der Entfernung zeigt uns Paradiese, welche wie optische Täuschungen verschwinden, wenn wir uns haben hinäffen lassen. Das Glück liegt demgemäß stets in der

Zukunft oder auch in der Vergangenheit und die Gegenwart ist einer kleinen, dunkeln Wolke zu vergleichen, welche der Wind über die besonnte Fläche treibt; vor ihr und hinter ihr ist Alles hell, nur sie selbst wirft stets einen Schatten. Sie ist demnach allezeit ungenügend, die Zukunft aber ungewiß, die Vergangenheit unwiederbringlich. Das Leben mit seinen stündlichen, täglichen, wöchentlichen und jährlichen, kleinen, größern und großen Wiederwärtigkeiten, mit seinen getäuschten Hoffnungen und seinen alle Berechnung vereitelnden Unfällen, trägt so deutlich das Gepräge von etwas, das uns verleidet werden soll, daß es schwer zu begreifen ist, wie man dies hat verkennen können und sich überreden lassen, es sei da, um dankbar genossen zu werden, und der Mensch, um glücklich zu sein. Stellt doch vielmehr jene fortwährende Täuschung und Enttäuschung, wie auch die durchgängige Beschaffenheit des Lebens sich dar als darauf abgesehen und berechnet, die Überzeugung zu erwecken, daß gar Nichts unseres Strebens, Treibens und Ringens werth sei, daß alle Güter nichtig seien, die Welt an allen Enden bankrott, und das Leben ein Geschäft, das nicht die Kosten deckt — auf daß unser Wille sich davon abwende."

Es ist das Mönchsleben des Mittelalters, welches Sch. in obigen Worten empfiehlt, ohne sich übrigens die nihilistischen Consequenzen dieser Theorie zu verheimlichen; aber auch ohne die Selbstverleugnung zu besitzen, welche die praktische Bethätigung derselben erfordert. Armuth, Keuschheit und Gehorsam standen nicht an der Wiege dieses von Leidenschaften gepeinigten Lobredners der Entsagung, ebenso wenig wie jene liebenswürdige Heiterkeit des Geistes, die oft der Noth des Lebens tröstend zur Seite steht, während ihr Gegentheil ebenso häufig die Wohlthat bequemer Verhältnisse ungenießbar macht. Übrigens giebt es noch einen andern Weg, um die zerstörten Illusionen des egoistischen Strebens nach Glückseligkeit zu vermeiden, als den des nutzlosen Eremitenthums, ich meine diejenige Ertödtung des Willens, die sich darstellt in den Werken der aufopfernden Nächstenliebe. Es fehlt zwar nicht an Philosophen, die es geleugnet haben, daß es wirklich ganz uneigennützige Thaten gebe, welche durchaus frei seien von jeder schielenden Rücksicht auf jenseitigen oder diesseitigen Lohn. Sch. gehört nicht zu diesen moralischen Pessimisten, er glaubt an die Existenz einer reinen Nächstenliebe, findet sie aber so selten, daß sie bei einer Darstellung der wirklichen Welt nicht ernstlich in Betracht gezogen, sondern höchstens als ehrenvolle Ausnahme erwähnt und der niederträchtigen Regel entgegengestellt werden könne. Wo nun aber ein solcher Ausnahmefall vorkommt, wie z. B. bei der Thätigkeit der barmherzigen Schwestern im Krimkrieg, da bespricht er ihn mit der höchsten Achtung, die um so mehr ins Gewicht fällt, je seltener dies Gefühl hervortritt bei dem genialen Verächter des großen Haufens, „zu dem Einer mehr gehört als jeder glaubt."

Niemand hat die stillen Heldenthaten der Liebe mit schöneren Worten gepriesen als Schopenhauer; und nirgends ist das Lob des guten Herzens mit wärmerer Begeisterung gesungen worden als es der unliebenswürdigste aller Philosophen an folgender Stelle thut:

„Wie Fackeln und Feuerwerk vor der Sonne blaß und unscheinbar werden, so wird Geist, ja Genie und ebenfalls die Schönheit überstrahlt und verdunkelt von der Güte des Herzens. Wo diese in hohem Grade hervortritt, kann sie den Mangel jener Eigenschaften so sehr ersetzen, daß man solche vermißt zu haben sich schämt. Sogar der beschränkteste Verstand, wie auch die groteske Häßlichkeit, werden, sobald die ungemeine Güte des Herzens sich in ihrer Begleitung kund gethan, gleichsam verklärt, umstrahlt von einer Schönheit höherer Art, indem jetzt aus ihnen eine Weisheit spricht, vor der jede andere verstummen muß. Denn die Güte des Herzens ist eine transcendente Eigenschaft, gehört einer über dieses Leben hinausreichenden Ordnung der Dinge an und ist mit jeder andern Vollkommenheit inkommensurabel. Wo sie in hohem Grade vorhanden ist, macht sie das Herz so groß, daß es die Welt umfaßt, so daß jetzt Alles in ihm, nichts außer ihm liegt; da sie ja alle Wesen mit dem eignen identificirt. Alsdann verleiht sie auch gegen Andre jene grenzenlose Nachsicht, die sonst Jeder nur sich selber widerfahren läßt. Ein solcher Mensch ist nicht fähig, sich zu erzürnen; sogar wenn etwa seine eigenen, intellektuellen oder körperlichen Fehler den boshaften Spott und Hohn Anderer hervorgerufen haben, wirft er in seinem Herzen nur sich selber vor, zu solchen Äußerungen der Anlaß gewesen zu sein, und fährt daher, ohne sich Zwang anzuthun, fort, jene auf das liebreichste zu behandeln, zuversichtlich hoffend, daß sie von ihrem Irrthum hinsichtlich seiner zurückkommen und auch in ihm sich selber wieder erkennen werden. Was ist dagegen Witz und Genie? Was Baco von Verulam? Wie ist doch die in moralischer Hinsicht eintretende Selbstzufriedenheit so grundverschieden von der in intellektualer Hinsicht. Ein tiefer Ernst wird die stille Freude begleiten, die eine solche Musterung uns giebt, und wenn wir dabei Andere gegen uns zurückstehen sehen, so wird uns dies in keinen Jubel versetzen, vielmehr werden wir es bedauern und werden aufrichtig wünschen, sie wären alle wie wir. — Wie ganz anders wirkt dagegen die Erkenntniß unserer intellektuellen Überlegenheit. Übermüthige, triumphirende Eitelkeit, stolzes, höhnisches Herabsehn auf Andere, wonnevoller Kitzel des Bewußtseins entschiedener und bedeutender Überlegenheit, dem Stolz auf körperliche Vorzüge verwandt — das ist hier das Ergebniß."

Es ist kaum glaublich, daß der Mann, welcher obige Worte schrieb, die Menschenliebe nicht aus eigener Erfahrung gekannt haben sollte. Wäre es aber dennoch der Fall, so müßte man die Unparteilichkeit bewundern, mit welcher er die Vorzüge des Herzens so hoch über die des Geistes stellt. Wahrscheinlicher ist es, daß ihm von Haus aus das Gefühl der Menschenliebe nicht fremd war, wie auch sein Bild mit dem treuherzigen Ausdruck der Augen zu beweisen scheint, daß er aber angeekelt von der widerwärtigen Kluft zwischen der gepredigten Theorie der christlichen Moral und dem grenzenlosen Egoismus des praktischen Lebens sich in die Einsamkeit flüchtete. Freilich ist das Leben des Einsiedlers bequemer als der Versuch, die Verneinung des Willens zum Leben durchzuführen in der Form thätiger

Aufopferung für fremdes Wohl mit ihren täglich wiederholten tausenderlei Scheereien, welche für das Nervensystem contemplativer Naturen ganz unerträglich sind. Dazu kommt noch ein Anderes. „Jenes sich Wiedererkennen in der fremden Erscheinung, aus welchem zunächst Gerechtigkeit und Menschenliebe hervorgehen, führt endlich zum Aufgeben des Willens; weil die Erscheinungen, in denen dieser sich darstellt, so entschieden im Zustande des Leidens sich befinden, daß wer sein Selbst auf sie alle ausdehnt, es nicht ferner wollen kann; — eben wie Einer, der alle Loose der Lotterie nimmt, nothwendig großen Verlust erleiden muß. Die Bejahung des Willens setzt Beschränkung des Selbstbewußtseins auf das eigne Individuum voraus und baut auf die Möglichkeit eines günstigen Lebenslaufs aus der Hand des Zufalls." So blieb Sch. Nichts übrig, als der Welt den Rücken zu kehren und von den Lesern seiner Welt als Wille und Vorstellung Abschied zu nehmen mit folgendem offenen, ehrlichen Bekenntniß des Nihilismus:

„Vor uns bleibt allerdings nur das Nichts. Aber das, was sich gegen dieses Zerfließen in Nichts sträubt, unsere Natur, ist ja eben nur der Wille zum Leben, der wir selbst sind, wie er unsere Welt ist. Daß wir so sehr das Nichts verabscheuen, ist Nichts weiter, als ein anderer Ausdruck davon, daß wir so sehr das Leben wollen, und Nichts sind, als dieser Wille und Nichts kennen als eben ihn. — Wenden wir aber den Blick von unserer eigenen Dürftigkeit und Befangenheit auf diejenigen, welche die Welt überwanden, in denen der Wille, zur vollen Selbsterkenntniß gelangt, sich in Allem wiederfand und dann sich selbst frei verneinte, und welche dann nur noch seine letzte Spur, mit dem Leibe, den sie belebt, verschwinden zu sehen abwarten; so zeigt sich uns statt des rastlosen Dranges und Treibens, statt des steten Überganges von Wunsch zu Furcht und von Freude zu Leid, statt der nie befriedigten und nie ersterbenden Hoffnung, daraus der Lebenstraum des wollenden Menschen besteht, jener Friede, der höher ist als alle Vernunft, jene gänzliche Meeresstille des Gemüthes, jene tiefe Ruhe, unerschütterliche Zuversicht und Heiterkeit, deren bloßer Abglanz im Antlitz, wie ihn Rafael und Correggio dargestellt haben, ein ganzes und sicheres Evangelium ist; nur die Erkenntniß ist geblieben, der Wille ist verschwunden. Wir aber blicken dann mit tiefer und schmerzlicher Sehnsucht auf diesen Zustand, neben welchem das Jammervolle und Heillose unseres eigenen, durch den Kontrast, in vollem Lichte erscheint. Dennoch ist diese Betrachtung die einzige, welche uns dauernd trösten kann, wenn wir einerseits unheilbares Leiden und endlosen Jammer als der Erscheinung des Willens, der Welt, wesentlich erkannt haben, und andererseits, bei aufgehobenem Willen, die Welt zerfließen sehen und nur das leere Nichts vor uns behalten. Also auf diese Weise, durch Betrachtung des Lebens und Wandels der Heiligen, welchen in der eigenen Erfahrung zu begegnen freilich selten vergönnt ist, aber welche ihre aufgezeichnete Geschichte und, mit dem Stempel innerer Wahrheit verbürgt, die Kunst uns vor die Augen bringt, haben wir den finstern Eindruck jenes Nichts, das als das letzte Ziel hinter aller Tugend und Heiligkeit schwebt, und das wir, wie die Kinder das Finstere fürchten, zu verscheuchen; statt selbst es zu umgehen, wie die Inder, durch Mythen und bedeutungsleere Worte, wie Resorption in das Brahm, oder Nirwana der Buddhaisten. Wir bekennen es vielmehr frei: was nach gänzlicher Aufhebung des Willens übrig bleibt, ist für alle die, welche noch des Willens voll sind, allerdings Nichts. Aber auch umgekehrt ist denen, in welchen der Wille sich gewendet und verneint hat, diese unsere so sehr reale Welt mit allen ihren Sonnen und Milchstraßen — Nichts."

Dritte Vorlesung:
Schopenhauer's Einsiedlerleben.

> Motto: Erst verachtet, nun ein Verächter,
> Zehrt er heimlich auf
> Seinen eignen Werth
> In ung'nügender Selbstsucht.
>
> Goethe.

Hochgeehrte Anwesende!

Sie haben vielleicht im Stillen gewünscht, daß in dem Nichts, worin Sch.'s Welt als Wille und Vorstellung ihr Endziel fand, auch meine Vorlesungen erlöschen möchten. Wenn ich es nun heute trotzdem wage, Ihre Geduld zum dritten Mal in Anspruch zu nehmen, so geschieht das mit dem heiligen Versprechen, daß dies dritte auch das letzte Mal sein wird, und mit der Hoffnung, daß auch mir jene versöhnliche Stimmung zu Gute kommen möge, welche sich gewöhnlich selbst der erbittertsten Zuhörer eines rücksichtslosen Redners zu bemächtigen pflegt, wenn gewisse Wetterzeichen das nahe Ende einer rhetorischen Prüfung verkünden.

Nach Vollendung seines Hauptwerkes reiste Sch. im Herbst 1818 nach Italien. Hier sprach er mit richtiger Ahnung das künftige Schicksal seines Geisteskindes aus, in einem kleinen Gedicht, welches auf dem Weg von Neapel nach Rom im April 1819 verfaßt wurde. Das Gedicht trägt die charakteristische Überschrift:

„Unverschämte Verse"

und lautet:

„Aus langgehegten, tiefgefühlten Schmerzen
„Wand sich's empor aus meinem innern Herzen;
„Es festzuhalten hab' ich lang gerungen,
„Doch weiß ich, daß zuletzt es mir gelungen.

„Mögt Euch drum immer, wie Ihr wollt, gebärden,
„Des Werkes Leben könnt Ihr nicht gefährden;
„Aufhalten könnt Ihr's, nimmermehr vernichten,
„Ein Denkmal wird die Nachwelt mir errichten."

Das Denkmal zwar ist ihm die Nachwelt bis jetzt noch schuldig geblieben, doch haben seine Feinde und Verkleinerer es nicht hindern können, daß er sich im Herzen seiner Leser selbst ein Denkmal gesetzt hat, welches wie die Lieder des römischen Dichters dauerhafter ist als Erz und erhabener als der königliche Bau der Pyramiden. Im Frühjahr 1820 kehrte Sch. nach Deutschland zurück und habilitirte sich in Berlin als Docent der Philosophie. Sein Buch hatte ihm nicht, wie man denken sollte, vorgearbeitet und die Pforten der akademischen Laufbahn als triumphirende Ouvertüre eröffnet. Nur vereinzelte Stimmen des Beifalls ließen sich hören, verstummten aber bald wieder in der Stickluft des allgemeinen Stillschweigens. Goethe's anerkennendes Urtheil drang nicht über die Privatkreise hinaus. Jean Paul wurde der Bedeutung des Werkes gerecht durch die schöne Anzeige:

„Ein genial philosophisches, kühnes, vielseitiges Werk, voll Scharfsinn und Tiefsinn, aber mit einer oft trost- und bodenlosen Tiefe — vergleichbar dem melancholischen See in Norwegen, auf dem man in seiner finstern Ringmauer von steilen Felsen nie die Sonne, sondern in der Tiefe nur den gestirnten Taghimmel erblickt, und über welchen kein Vogel und keine Woge zieht." Selbst unter den Fachgenossen des späteren Märtyrers collegialischer Mißgunst fand sich einer, der trotz der äußersten Verschiedenheit der Ansichten die Genialität von Sch.'s Leistung nicht nur begriff, sondern auch eingestand und sich als einziger weißer Rabe unter seines Gleichen berühmt gemacht hat, es war Herbart.

Aber, wie gesagt, diese wenigen, wenn auch geachteten Stimmen fanden kein Echo, und Sch. mußte versuchen, auf dem mühsamen Wege des Privatdocententhums allmählich die Stellung zu erringen, die der

Verfasser eines so genialen Buches im Sturm hätte erobern sollen. Der Versuch mißlang, nachdem er ein Decennium hindurch, bis ins Jahr 31 fortgesetzt worden war, freilich ohne nachhaltige Ausdauer und mit einer Unterbrechung von drei Jahren, die Sch. dazwischen wieder in Italien und Dresden zubrachte.

Mehrere Umstände wirkten zusammen zu diesem beklagenswerthen Fiasco eines der begabtesten Docenten, die jemals ein Katheder betreten haben. Denn abgesehen von seinem Genie fehlte es ihm auch nicht an dem äußeren Talente eines fließenden Vortrags. Wohl aber fehlte ihm, wie jene dreijährige Unterbrechung beweist, die bürgerliche Gabe der Geduld, deren Mangel nicht selten die glänzendsten Eigenschaften zu Makulatur macht. Es fehlte ihm ferner im allerhöchsten Grade diejenige Schonung fremden Selbstgefühls, ohne welche jedes menschliche Zusammenleben, geschweige denn jede amtliche Stellung unmöglich ist. Soweit seine Erfolge abhingen vom Wohlwollen seiner Collegen, so weit verdarb er von vorn herein Alles durch die großartige Rücksichtslosigkeit, mit welcher er in seiner Probevorlesung vor der versammelten Fakultät erklärte, bald nach Kant und dem durch ihn für die Philosophie wachgerufenen echten Eifer seien Sophisten aufgetreten, die invita Minerva, mit großem Geräusch und in barbarischer, dunkler Rede zuerst die Denkkraft ihrer Zeit ermüdet, dann von dem Studium der Philosophie abgeschreckt und diese in Mißkredit gebracht hätten. Es sei indessen nicht zu befürchten, daß nicht wiederum ein Rächer erstehe, der mit besserer Kraft ausgerüstet, die Philosophie in alle ihre Ehren restituire.

Mit diesen Worten warf Sch. bei Eröffnung seiner akademischen Thätigkeit Hegeln den Handschuh vor die Füße, d. h. einem Manne, welcher damals in Preußischen Universitätsangelegenheiten nahezu allmächtig war. Alle Achtung vor der uneigennützigen Wahrheitsliebe, welche diesem grandiosen Mangel an Weltklugheit zu Grunde liegt; man müßte es denn als einen Rest von Weltklugheit betrachten, daß er sich bei seiner Probevorlesung der lateinischen Sprache bediente;

wir werden aber gleichzeitig gestehen müssen, daß ohne eine übernatürliche Selbstverleugnung die berliner philosophische Fakultät unmöglich dem Manne mit offenen Armen entgegen gehen konnte, der im Programm seiner Lehrthätigkeit die Philosophie von der Schmach erretten zu wollen verhieß, die seine Collegen ihr zugezogen hätten. Jener Passus seiner Probevorlesung ist der glänzendste Beweis für die Richtigkeit von Sch.'s Lehre, daß Genie und Wahnsinn auf das Innigste verwandt seien.

Schwer erklärlich wird es immer bleiben, weßhalb die Studenten nicht mehr Empfänglichkeit zeigten für die sehr leicht verständlichen Vorzüge von Sch.'s Geist. Denn was die Professoren zurückstieß, das rücksichtslose Umspringen mit der Autorität anderer lebender Philosophen, davon sollte man glauben, daß es die studirende Jugend mehr hätte anziehen als abstoßen müssen. Fühlt sich doch jeder Jünger der Wissenschaft ungemein geschmeichelt, wenn ihn sein Lehrer gewissermaßen zum Schiedrichter einsetzt über die Meinungsverschiedenheit zwischen ihm und andern Gelehrten. Zum Theil erklärt sich die mangelnde Theilnahme der studirenden Jugend aus dem Umstand, daß immer eine bedeutende Majorität die Vorlesungen derjenigen Lehrer vorzieht, welche den meisten Einfluß auf eine künftige Beförderung haben, und dann giebt es überhaupt sehr wenig Menschen von selbstständigem Urtheil, die den Weizen von der Spreu zu sondern und ein noch unbekanntes Genie als solches zu erkennen vermöchten.

Endlich würde Sch.'s öffentliche Lehrthätigkeit, auch wenn sie vom gewünschten Erfolg gekrönt worden wäre, in jenen Zeiten der faulsten Reaktion wahrscheinlich über Kurz oder Lang ein Ende mit Schrecken erreicht haben. Zwar hielt er sich geflissentlich fern von jeder direkten Betheiligung an den Tagesinteressen der Politik, die eines Philosophen, welcher für die Erleuchtung der Jahrtausende arbeite, unwürdig sei, doch hätte es trotzdem schwerlich fehlen können, daß ein Mann von Sch.'s Rücksichtslosigkeit und Wahrheitsliebe bei einer Regierung Anstoß erregte, deren Leibphilosoph Hegel den Staat als

Selbstzweck und höchste Leistung des menschlichen Geistes pries, während ihm Sch. die sekundäre Stellung einer Versicherungsanstalt gegen die Raubthiertriebe seiner Nebenmenschen anweist. Der Schutz des geistigen Lebens und seiner Träger ist die vornehmste Aufgabe des Staates. Denn „wie ein köstlicher, ätherischer Duft entwickelt sich das intellektuelle Leben aus den gährenden Stoffen des politischen Treibens; unschuldig und nicht von Blut befleckt geht neben der Weltgeschichte die Geschichte der Philosophie, der Wissenschaften und Künste."

Auch Sch.'s skeptisches Verhältniß zur Dogmatik der Staatsreligion hätte ihn wahrscheinlich, wenn es ihm gelungen wäre aufzukommen, mit den herrschenden Mächten in Conflikt gebracht. Selbst gastronomische Rücksichten wirkten mit, um Sch. den Aufenthalt in der berühmten Vaterstadt jener ästhetischen Theeabende zu verleiden, von denen der Klabberadatschkalender singt:

„Aesthetischer Thee heißt allgemein,
„Wo Braten dünn und Bemme klein,
„Wo Schillern man und Goethen mißt,
„Wer von den Beiden größer ist."

Während er auf das Glück der Ehe verzichtete, um ganz unbehelligt von häuslichen Sorgen seinen Gedanken nachhängen zu können, machten ihm Haushälterinnen das Leben sauer und betrogen ihn um den Lohn seiner Entsagung. Als er entdeckt hatte, daß eine Bekannte seiner Berliner Hauswirthin während seiner Abwesenheit in seinem Vorzimmer Kaffeegesellschaften gab, warf er die Person zur Thüre hinaus. Dieselbe fiel auf den Arm, erklärte sich für arbeitsunfähig und verklagte den Vertheidiger seines Hausrechtes auf lebenslängliche Alimentirung. Sch. verlor den Proceß und hatte lange Jahre daran zu zahlen. Als er endlich den Todtenschein erhielt, schrieb er darauf das köstliche Wortspiel: Obit anus, abit onus. Die schlagende Kürze des lateinischen Ausdrucks läßt sich nicht wiedergeben, der ungefähre Sinn ist:

„Die Alte fuhr zur Hölle nieder,
„Und meine Aktien steigen wieder."

Den Ausschlag gab zuletzt die Furcht vor der Cholera, welche ihn im Jahre 1831 für immer aus Berlin vertrieb. Das unphilosophische Gefühl der Furcht spielt überhaupt in Sch.'s Leben eine große Rolle. Schon als Knaben fanden ihn seine Eltern einst außer sich in Folge einer plötzlichen Angst, von ihnen verlassen zu werden. Im Jahre 1813 trieb ihn der Argwohn, daß er zum Kriegsdienst gepreßt werden könnte, aus Berlin nach Thüringen; fast unaufhörlich peinigte ihn der übrigens heilsame Gedanke, sein Vermögen zu verlieren, und er suchte sich durch täuschende Aufschriften über die Schubfächer seines Schreibtisches vor Dieben zu schützen; einmal steigerte sich diese nervöse Schwäche seiner Constitution sogar bis zu dem komischen Verdacht, daß seinem Leben durch vergifteten Schnupftaback nachgestellt werde. Nicht ohne Selbstverleugnung kann der Bewunderer von Sch.'s Genie dieser Schwäche des großen Mannes gedenken, einer Schwäche, welche einen unrühmlichen Gegensatz bildet zu der kaltblütigen Todesverachtung, mit der Fichte den französischen Bajonetten zum Trotz in Berlin seine Reden an die deutsche Nation hielt. Doch verlangen wir nicht Alles von Allen; dem Volke der Denker bleibt immer noch genug zu danken für das, was ihm durch Sch. geworden ist. Und jener Widerspruch zwischen Lehre und Leben, zwischen Theorie und Praxis ist vielleicht zum Theil begründet in der ansteckenden Atmosphäre unseres nervenleidenden, weltschmerzlichen Jahrhunderts.

Während der letzten drei Jahrzehnte seines Lebens 31—60 wohnte Sch. mit Ausnahme eines in Mannheim verbrachten Jahres in Frankfurt, welches er seiner cholerafesten Lage wegen zu seinem Wohnort ausersehen. Zwanzig Jahre vergingen ihm dort, ohne daß die Frankfurter Notiz genommen hätten von dem Geistesbruder Goethe's, der in ihrer Mitte weilte. Erst während des letzten Decenniums, nachdem seine populären Schriften Verbreitung gefunden und namentlich im Ausland Aufsehen erregt hatten, fing man an des Gleichnisses von der Perle und den

Säuen zu gedenken; und um wenigstens für die Zukunft die Gefahr zu vermeiden, dasselbe auf sich angewendet zu sehen, sagte der Wirth des englischen Hofes, wo Sch. speiste, wenn man ihn frug, ob er vornehme Gäste unter seinem Dach habe: „Ja, Doktor Schopenhauer." Wie Des Cartes zu Amsterdam in vollständiger Isolirung auf das geschäftige Treiben der Handelsstadt herabsah, hie und da Stoff sammelnd für seine philosophische Liebhaberei der unbetheiligten Betrachtung des menschlichen Lebens, so einsam und ungekannt stand auch Sch. unter der merkantilen Bevölkerung Frankfurts. Doch in der Stimmung der beiden ähnlich situirten Philosophen ist ein merklicher Unterschied. Den Briefen des Des Cartes merkt man es an, wie wohl er sich fühlt in der sicheren Wolke der Obskurität, von welcher er auf das Gewühl unter sich herabsieht. Auch Sch. preist in allen Tonarten das Glück der Einsamkeit, aber man fühlt dabei doch die bittern Empfindungen durch, welche das verkannte Verdienst fremdem unverdienten Erfolg gegenüber nicht verleugnen kann. Und es ist in der That dem Löwen nicht zu verdenken, daß es ihn ärgert, ein Geschöpf auf seinem Thron sitzen zu sehen, welches ihm in allen Stücken untergeordnet ist, höchstens mit Ausnahme des Gebrülls.

Von den zahlreichen Lobreden Sch.'s auf das Glück der Einsamkeit mag hier eine folgen:

„Wie das Land am glücklichsten ist, welches weniger oder keiner Einfuhr bedarf; so auch der Mensch, der an seinem innern Reichthum genug und zu seiner Unterhaltung wenig oder nichts von außen nöthig hat; da dergleichen Zufuhr viel kostet, abhängig macht, Gefahr bringt, Verdruß verursacht und am Ende doch nur ein schlechter Ersatz ist für die Erzeugnisse des eigenen Bodens. Denn von Andern, von außen überhaupt, darf man in keiner Hinsicht viel erwarten. Was Einer dem Andern sein kann, hat seine sehr engen Grenzen; am Ende bleibt doch Jeder allein, und da kommt es darauf an, wer jetzt allein sei.... Das Meiste und Beste muß daher Jeder sich selber sein und leisten. Je mehr nun dieses ist, und je mehr demzufolge er die Quellen seiner

Genüsse in sich selbst findet, desto glücklicher wird er sein. Denn alle äußern Quellen des Glückes und Genusses sind, ihrer Natur nach, höchst unsicher, mißlich, vergänglich und dem Zufall unterworfen, dürften daher, selbst unter den günstigsten Umständen, leicht stocken; ja dieses ist unvermeidlich, sofern sie doch nicht stets zur Hand sein können. Im Alter nun gar versiegen sie fast alle nothwendig; denn da verläßt uns Liebe, Scherz, Reiselust, Pferdelust und Tauglichkeit für die Gesellschaft; sogar die Freunde und Verwandten entführt uns der Tod. Da kommt es denn mehr als je darauf an, was Einer an sich selber habe. Denn dieses wird am längsten Stich halten. Aber auch in jedem Alter ist und bleibt es die ächte und allein ausdauernde Quelle des Glückes. Ist doch in der Welt überall nicht viel zu holen; Noth und Schmerz erfüllen sie, und auf die, welche diesen entronnen sind, lauert in allen Winkeln die Langeweile. Zudem hat in der Regel die Schlechtigkeit die Herrschaft darin und die Thorheit das große Wort. Das Schicksal ist grausam und die Menschen sind erbärmlich. In einer so beschaffenen Welt gleicht der, welcher viel an sich selber hat, der hellen, warmen, lustigen Weihnachtsstube, mitten im Schnee und Eise der Decembernacht. Demnach ist eine vorzügliche, eine reiche Individualität und besonders sehr viel Geist zu haben ohne Zweifel das glücklichste Loos auf Erden; so verschieden es etwa auch vom glänzendsten ausgefallen sein mag. Daher war es ein weiser Ausspruch der erst 19jährigen Königin Christine von Schweden über den ihr noch bloß durch einen Aufsatz und aus mündlichen Berichten bekannt gewordenen Cartesius, welcher damals seit 20 Jahren in der tiefsten Einsamkeit in Holland lebte: Mr. Descartes est le plus heureux de tous les hommes, et sa condition me semble digne d'envie. Nur müssen, wie es eben auch der Fall des Cartesius war, die äußern Umstände es soweit begünstigen, daß man auch sich selbst besitzen und seiner froh werden könne. Wem nun durch Gunst der Natur und des Schicksals dieses Loos beschieden ist, der wird mit ängstlicher Sorgfalt darüber wachen, daß die innere Quelle seines

Glücks ihm zugänglich bleibe; wozu Unabhängigkeit und Muße die Bedingungen sind. Diese wird er daher gern durch Mäßigkeit und Sparsamkeit erkaufen; um so mehr, als er nicht, gleich den Andern, auf die äußern Quellen der Genüsse verwiesen ist. Darum wird die Aussicht auf Aemter, Geld, Gunst und Beifall der Welt ihn nicht verleiten, sich selber aufzugeben, um den niedrigen Absichten oder dem schlechten Geschmacke der Menschen sich zu fügen. Es ist eine große Thorheit, um nach Außen zu gewinnen, nach Innen zu verlieren, d. h. für Glanz, Rang, Prunk, Titel und Ehre seine Ruhe, Muße und Unabhängigkeit ganz oder größtentheils hinzugeben. Das hat aber Goethe gethan. Mich hat mein Genius entschieden nach der andern Seite gezogen."

Es ist fast rührend, aus dieser und andern Stellen zu sehen, welche Mühe Sch. sich giebt, um sich selber einzureden, daß sein einsames Loos ein glückliches sei. Im Grund seines Herzens wurde ihm bei diesem Glücke doch nicht recht wohl. Das schöne Gleichniß von der Weihnachtsstube, ach, auf Sch.'s Häuslichkeit paßt es nicht. Wohl war es hell in der Wohnung des Philosophen, aber zu einer Weihnachtsstube gehört mehr als ein brennender Tannenbaum; wenn sie lustig sein soll, muß sie wiederklingen vom Jubel fröhlicher Kinderstimmen, und warm wird sie nur durch den Segen eines glücklichen Familienlebens. Das hat Sch. nie gekannt, weder als Kind noch als Vater. Wenn früher die Jugend Frankfurts am Mainquai gespielt hatte und nach Hause kam, um die Erlebnisse des Tages zu berichten, da erzählten die kleinen Berichterstatter zuweilen: „Wir haben auch den jungen Sch. am Fenster sitzen sehen." Sie meinten damit Sch.'s Pudel, die bevorzugte Creatur, an welcher der unglückliche Mann seinen Fond an Menschenliebe fast erschöpft hat. Aber in Einer Beziehung müssen wir ihm doch Recht geben, wenn er die schmerzlosen Freuden der Erkenntniß allen andern, namentlich den aus dem geselligen Verkehr quellenden vorzieht; denn zwar sind die ersteren bei weitem nicht die wärmsten; aber Einen ungeheuren Vorzug haben die kalten Freuden der Erkenntniß vor allen übrigen voraus; sie sind unabhängig vom Schicksal, sie sind die einzigen, die uns nicht entrissen werden können. Mit demselben Eifer, den Sch. bei Anpreisung der Einsamkeit entwickelt, geht er folgerichtig der Geselligkeit zu Leibe. Er erklärt das Dasein der Geselligkeit mit Hülfe des Sprüchwortes: „Getheiltes Leid ist halbes Leid" aus dem Bedürfniß der Menschen, das Unglück der Langeweile durch gemeinsames Tragen sich gegenseitig zu erleichtern. Die unglückselige Beschaffenheit der geselligen Verhältnisse hat nach Sch. ihren Grund darin, daß wir das ganze Kastenwesen des bürgerlichen Lebens mit seinem complicirten Apparat schwerfälliger Titulaturen in der Gesellschaft wiederfinden, während das einzige natürliche Privilegium der Geistesaristokratie auf dem Altar der sogenannten geselligen Gleichheit geopfert wird. Von dem großen Geist verlange man, er solle zum Besten der Mittelmäßigen seine Fähigkeiten verleugnen, die dadurch beschämt werden könnten. Ja nicht genug, daß man ihm den Dank versage für die Erheiterung, die er durch seine Talente den Anderen verschaffe, oft strafe man ihn sogar für seine Superiorität und stelle sich ihm, augenblicklich scheinbar amüsirt, bei einer etwaigen Beförderung heimlicher Weise in den Weg. Sch. war nicht gewillt, zum Besten einer so beschaffenen geselligen Gleichheit seine Überlegenheit bescheiden zu verheimlichen; er nennt vielmehr diese Bescheidenheit eine elende Heuchelei, mit welcher man für seine Vorzüge bei denen Verzeihung erbettelt, die keine Vorzüge haben. Im diametralen Gegensatz zu den meisten Moralpredigern zieht er gegen jene vielgerühmte, namentlich der Jugend empfohlene Tugend an verschiedenen Stellen los, z. B.:

„Es ist so unmöglich, daß, wer Verdienste hat und weiß, was sie kosten, selbst blind dagegen sei, wie daß ein Mann von sechs Fuß Höhe nicht merke, daß er die Andern überragt. Ist von der Basis des Thurms bis zur Spitze 300 Fuß, so ist zuverlässig eben so viel von der Spitze bis zur Basis. Horaz, Lukrez, Ovid und fast alle Alten haben stolz von sich geredet, desgleichen Dante, Shakespeare,

Baco von Verulam und Viele mehr. Daß Einer ein großer Geist sein könne, ohne etwas davon zu merken, ist eine Absurdität, welche nur die trostlose Unfähigkeit sich einreden kann, damit sie das Gefühl der eignen Nichtigkeit auch für Bescheidenheit halten könne. Die bescheidenen Celebritäten habe ich stets in Verdacht, daß sie wohl Recht haben könnten; und Corneille sagt geradezu:

La fausse humilité ne met plus en crédit;
Je sais ce que je vaux et crois ce qu'on m'en dit.

Endlich hat Goethe es unumwunden gesagt: „Nur die Lumpe sind bescheiden." Aber noch unfehlbarer wäre die Behauptung gewesen, daß die, welche so eifrig von Andern Bescheidenheit fordern, auf Bescheidenheit dringen, unabläßig rufen: „Nur bescheiden! um Gottes Willen nur bescheiden!" zuverlässig Lumpe sind, d. h. völlig verdienstlose Wichte, Fabrikwaare der Natur, ordentliche Mitglieder des Packs der Menschheit. Denn wer selbst Verdienste hat, läßt auch Verdienste gelten, versteht sich ächte und wirkliche. Aber der, dem selbst alle Vorzüge und Verdienste mangeln, wünscht, daß es gar keine gäbe; ihr Anblick an Andern spannt ihn auf die Folter; der blasse, grüne, gelbe Neid verzehrt sein Inneres; er möchte alle persönlich Bevorzugten vernichten und ausrotten; muß er sie aber leider leben lassen, so soll es nur unter der Bedingung sein, daß sie ihre Vorzüge verstecken, völlig verleugnen, ja abschwören. Dies also ist die Wurzel der so häufigen Lobreden auf die Bescheidenheit."

Außer der zu Gunsten der Mittelmäßigkeit verlangten undankbaren Verleugnung der Gottesgabe des Genie's und dem Umstand, daß die bevorzugten Geister die Kosten der Unterhaltung fast allein zu tragen haben, ist es noch ein Drittes, was denselben die Geselligkeit verleidet, nämlich der unglückselige Scharfsinn, mit welchem kleinliche Naturen in den objektivsten, harmlosesten Bemerkungen persönliche Anspielungen wittern. Hierüber äußert sich Sch. folgendermaßen:

„Die meisten Menschen sind so subjektiv, daß im Grunde nichts Interesse für sie hat, als ganz allein sie selbst. Daher kommt es, daß sie bei Allem, was gesagt wird, sogleich an sich denken und jede zufällige, noch so entfernte Beziehung auf irgend etwas ihnen Persönliches ihre ganze Aufmerksamkeit an sich reißt und in Besitz nimmt, sodaß sie für den objektiven Gegenstand der Rede keine Fassungskraft übrig behalten; wie auch, daß keine Gründe etwas bei ihnen gelten, sobald ihr Interesse oder ihre Eitelkeit denselben entgegensteht. Daher sind sie so leicht zerstreut, so leicht verletzt, beleidigt oder gekränkt, daß man, von was es auch sei, objektiv mit ihnen redend, nicht genug sich in Acht nehmen kann vor irgend welchen möglichen, vielleicht nachtheiligen Beziehungen des Gesagten zu dem werthen und zarten Selbst, das man da vor sich hat; denn ganz allein an diesem ist ihnen gelegen, sonst an Nichts, und während sie für das Wahre und Treffende, oder Schöne, Feine, Witzige der fremden Rede ohne Sinn und Gefühl sind, haben sie die zarteste Empfindlichkeit gegen Jedes, was auch nur auf die entfernteste und indirekteste Weise ihre kleinliche Eitelkeit verletzen, oder irgendwie nachtheilig auf ihr höchst pretioses Selbst reflektiren könnte; sobaß sie in ihrer Verletzbarkeit den kleinen Hunden gleichen, denen man, ohne sich dessen zu versehen, so leicht auf die Pfoten tritt und das Gequieke anzuhören hat."

Sch.'s ganzer Weltanschauung gemäß sind obige Bemerkungen über die Geselligkeit ebenso wahr wie einseitig. Es gehört zum Tragischen seines Schicksals, daß er überall nur die Kehrseite sah und erlebte. Sonst wäre es ihm schwerlich entgangen, daß auch der größte Geist das Publikum nicht entbehren kann, ja erst durch die Geselligkeit seiner Vorzüge recht froh wird. Denn außer jenen neidischen, niedrigen Subjekten, die Sch. mit so treffenden, unsterblichen Zügen geschildert hat, giebt es auch noch bessere Menschen, die sich für jede gesellige und geistige Anregung dankbar erweisen. Nicht nur in der Idealwelt der Schillerschen Dichtungen, auch auf dem harten Boden der Wirklichkeit kommen Charaktere vor, die mit Don Karlos zu ihrem Posa sagen:

„Und ich beschloß Dich grenzenlos zu lieben,
„Da ich den Muth verlor, Dir gleich zu sein."

Sein äußeres Leben in Frankfurt bietet unter diesen Umständen sehr wenig Abwechslung; es überschreitet fast nie den einförmigen Cirkel von Schlafen, Arbeiten, Essen und Spazierengehen. Sch. schlief gern lange und suchte diese Liebhaberei wissenschaftlich zu rechtfertigen, indem er meinte, je mehr das Gehirn durch Denken angestrengt werde, desto mehr bedürfe es der Ruhe und Erholung. An Kant habe sich der kurze Schlaf und das frühe Aufstehn dadurch gerächt, daß er im Alter kindisch geworden sei. Den Kaffee bereitete er sich selbst, damit er in den kostbaren Morgenstunden nicht durch die profane Erscheinung der Aufwärterin in seinen Meditationen gestört werde. Erst gegen Mittag durfte dieselbe erscheinen, um etwaigen Besuch durch ihren Eintritt daran zu erinnern, daß Sch. um diese Zeit gewohnt sei zum Diner zu gehen. Er nahm dasselbe um 1 Uhr im englischen Hof ein und zwar stets in Frack und weißer Halsbinde. Auch in solchen Äußerlichkeiten liebte er es den Gentleman darzustellen in vortheilhaftem Contrast zu der bis hart an die Grenze des Ruppigen streifenden Nachlässigkeit, mit welcher die Kleiderfrage von vielen deutschen Gelehrten behandelt wird. Der Schnitt seines Frackes repräsentirte die im Wechsel der Modeerscheinungen unerschütterlich beharrende Idee; er ließ ihn immer nach demselben Muster erneuern, ohne übrigens besonders aufzufallen, da die von ihm gewählte Façon zu seiner Persönlichkeit paßte. Jener Pariser Schneider, von dem F. Vischer in seinen kritischen Gängen spricht, würde vielleicht auch von Sch.'s Frack gesagt haben: „Der Frack ist gut, aber zu subjektiv gedacht."

An der table d'hôte erregte er durch den Geist seiner Physiognomie und Gespräche Aufsehen, lange ehe er angefangen hatte, berühmt zu werden; von Deutschen, Italienern, Franzosen und Engländern wurde ihm auf den Kopf zugesagt, daß er ein bedeutender Mensch sein müsse. Sehr charakteristisch für die verschiedenen Nationen ist die Art und Weise, wie ihre betreffenden Repräsentanten die Bewunderung des geistreichen Tischgenossen ausdrücken. Der Italiener sieht es ihm an den Augen an, daß er eine große opera componirt haben müsse. Der Britte, Sohn einer durchreisenden englischen Familie, verläßt beim Anblick Sch.'s den ihm angewiesenen Platz, schiebt die Umstehenden bei Seite und setzt sich jenem gegenüber mit den Worten: „No I'll sit here, I like to see his intelligent face." Daß auch andere Mitglieder seiner Familie das Bedürfniß haben könnten, die intelligente Physiognomie des Tischgenossen aus der Nähe zu sehen und vielleicht mehr Recht auf den Platz vis à vis des Philosophen, das fällt dem rücksichtslosen Sohne Albions natürlich gar nicht ein. Mit köstlicher Naivetät verräth sich die Nationaltugend unserer gallischen Nachbarn in den Worten eines französischen Bewunderers von Sch.'s Geist: Je voudrais savoir ce qu'il pense de nous autres; nous devons paraître bien petits à ses yeux; c'est qu'il est un être supérieur. Der eitele Franzose kann sich der Bewunderung fremder Größe nicht hingeben ohne das beängstigende Gefühl, daß im Vergleich dazu der Werth seiner eigenen holden Persönlichkeit herabgedrückt werden könnte.

Nach Tische nahm er den Kaffee zu Hause, ruhte und beschäftigte sich dann mit leichterer Lektüre. Später ging er spazieren. Zwei Stunden täglicher, rascher Bewegung hielt er für nothwendig zur Erhaltung der Gesundheit. Unterwegs machte sich seine Stimmung zuweilen Luft in Monologen, die nicht immer aus artikulirten Lauten bestanden, oder in Zwiegesprächen mit seinem Pudel. Die Grüße Begegnender soll er zuweilen nicht erwiedert haben; das mag vorgekommen sein, hatte dann aber seinen Grund nur in seiner Zerstreuung und Kurzsichtigkeit. Dafür grüßte er zur Entschädigung zuweilen auch Unbekannte. Nach dem Spaziergang ging er ins Lesekabinet, von hier häufig ins Theater nach dem Goethe'schen Grundsatz:

„Was im Leben uns verdrießt,

„Man im Bilde gern genießt."

Auch Concerte besuchte er nicht selten, bis ihm seine Schwerhörigkeit diesen Genuß verdarb. Den Symphonien Beethoven's folgte er mit geschlossenen Augen, um nicht durch den Anblick des Publikums gestört zu werden, welches größtentheils nicht allein um zu hören da ist, sondern auch um zu sehen, gesehen zu werden und ihren Nachbarn durch alberne Glossen den Genuß der Musik zu verderben. Nach dem Abendessen las er häufig zu Hause noch eine Stunde und rauchte dazu aus einer fünf Fuß langen Pfeife; diese unbequeme Form wählte er nicht aus Renommage, wie es die Studenten zuweilen thun, sondern aus Vorsicht, damit der Rauch Zeit hatte, sich vor seinem Eintritt in den Mund abzukühlen.

Reicher als das äußere war das innere Leben des Philosophen in dieser Zeit, wenn es auch nicht gerade fruchtbar zu nennen ist; denn es fehlte ihm der anregende Sporn des Beifalls und des Widerspruchs; darum liegen uns nicht sonderlich viele, aber seines Geistes würdige Zeugnisse seiner einsamen Thätigkeit vor. Im Jahr 1835 erschien sein „Wille in der Natur", eine Ausführung des zweiten Theiles seines Hauptwerkes. Die Vorrede zur zweiten Auflage dieser Schrift enthält eine ergötzliche Philippika gegen den Materialismus: „Da werfen sich Leute zu Welterleuchtern auf, die ihre Chemie oder Physik, oder Mineralogie, oder Zoologie, oder Physiologie, sonst aber auf der Welt Nichts gelernt haben, bringen an diese ihre einzige anderweitige Kenntniß, nämlich was ihnen von den Lehren des Katechismus aus den Schuljahren noch anklebt, und wenn ihnen nun diese beiden Stücke nicht recht zu einander passen, werden sie sofort Religionsspötter und demnächst abgeschmackte seichte Materialisten. Daß es einen Plato und Aristoteles, einen Locke und zumal einen Kant gegeben hat, haben sie vielleicht ein Mal auf der Schule gehört, jedoch diese Leute, da sie weder Tiegel und Retorte handhabten, noch Affen ausstopften, keiner nähern Bekanntschaft werth gehalten; sondern, die Gedankenarbeit zweier Jahrtausende gelassen zum Fenster hinauswerfend, philosophiren sie aus eignen reichen Geistesmitteln dem Publiko

etwas vor. .... Diese Ignoranten sind in die Bedientenstube zu verweisen, damit sie dort ihre Weisheit an den Mann bringen."
Am übelsten ist Sch. auf die materialistischen Ärzte zu sprechen. „Leugnen diese undankbaren Schlingel die Lebenskraft, welche ihnen doch das Geschäft besorgt: während sie selbst nur den Gewinn einzustreichen brauchen."

1841 veröffentlichte er unter dem Titel: „die beiden Grundprobleme der Ethik" zwei Preisarbeiten moralischen Inhaltes; die eine über die Willensfreiheit war von der norwegischen Akademie zu Drontheim gekrönt worden; die andere über das Fundament der Moral hatte die dänische Akademie zu Kopenhagen nicht gekrönt. Um sie dafür zu strafen und ihr eine unsterbliche Blamage anzuheften, veröffentlichte Sch. nicht allein ihr Urtheil mit seiner Kritik desselben, sondern ließ auch auf den Deckel seines Buches die Thatsache, daß seine Abhandlung von der betreffenden Akademie n i ch t gekrönt worden sei, mit mächtiger, fetter Schrift abdrucken. Und er hat seinen Zweck erreicht. Gleichzeitig mit Sch.'s Abhandlung wird das Urtheil der dänischen Akademie eine ihr unerwünschte Unsterblichkeit erlangen, ähnlich derjenigen, welche Lessing's Gegnern durch dessen Streitschriften zu Theil wurde.

Was zunächst die Willensfreiheit betrifft, so leugnet Sch. dieselbe in Übereinstimmung mit fast allen großen Philosophen, Theologen, sowie sämmtlichen dramatischen Dichtern ersten Ranges. Es ist merkwürdig, wie im gewöhnlichen Leben die Willensfreiheit häufig als eine völlig ausgemachte Sache, eine wohlakkreditirte Person betrachtet und doch eine Änderung des Charakters jedem Dramatiker als Todsünde vorgeworfen wird. Entweder — oder; was man hier verdammt, darf man dort nicht als eine selbstverständliche Sache betrachten, so lange man auf Ehrlichkeit und gesunden Menschenverstand Anspruch macht. Sch. sucht den Grund des gewöhnlichen Aberglaubens in einer Verwechslung der physischen und moralischen Freiheit. Ich kann dies Katheder verlassen, wenn mich keine physische Nothwendigkeit daran hindert, z. B. kein mit überlegener Muskelkraft begabtes Geschöpf daselbst festhält; ich bin dann physisch frei; ich kann herunter gehen, wenn ich will; ob ich aber will, das liegt nicht in meiner Hand; treten gewisse Motive ein, die stark genug sind, meinen persönlichen Charakter zu beeinflussen, so muß ich ebenso nothwendig meinen Standpunkt verlassen, als ich es unmöglich thun kann ohne hinreichenden Grund dazu. Bei dem plötzlichen Rufe „Feuer" bleibt eine sitzende Gesellschaft ebenso wenig auf ihrem Platz, als der Inhalt eines umgestülpten Glases auf dem Boden desselben haftet. Nothwendig sein heißt Folge eines Grundes sein; giebt man also zu, daß die Motive auch eine Form des zureichenden Grundes sind, dann ist die Willensfreiheit nicht mehr zu retten. Die Nothwendigkeit der Willensakte scheint in Widerspruch zu stehen mit dem Verantwortlichkeitsgefühl, der Stimme des Gewissens, die ebenso wohl wie die Unveränderlichkeit des angeborenen Charakters eine positive Thatsache ist. Sch. sucht diesen Widerspruch dadurch auszugleichen, daß er den Menschen nicht für die einzelnen Handlungen verantwortlich macht, welche mit Nothwendigkeit aus dem angeborenen Charakter hervorgehen, sondern für diesen Charakter selbst. Nicht daß er bei dieser oder jener Gelegenheit so oder so handelt, sondern daß er so ist, wie er ist, macht ihn schuldig. Der empirische Charakter ist das Produkt des intelligibeln, außerzeitlichen Charakters. Wie es nun aber zu denken sei, daß der Mensch als Ding an sich, oder — sinnlich zu reden — vor seinem Eintritt in die Welt, womit die Freiheit aufhört und die Nothwendigkeit beginnt, seinen Charakter frei wählen konnte, das vermag uns weder Sch. noch Kant mit seinem intelligibeln Charakter ganz deutlich zu erklären.

Die Theologie sucht diese Schwierigkeit allegorisch zu beseitigen durch die Lehre von der Erbsünde, ähnlich wie Plato durch den Mythus von den Seelen, die durch eigene Schuld aus der Ideenwelt in das Erdendasein herabfallen und hier ihr Schicksal als eine Folge eigner, außerzeitlicher Wahl abbüßen müssen. Übrigens ist bei Untersuchung des Gewissens sehr schwer zu unterscheiden, was dabei anerzogen und was natürlich ist. Die Völker, bei denen Blutrache oder gar Menschenfresserei üblich sind, werden durch Unterlassung von dem, was uns als das größte Verbrechen erscheint, in ihrem Gewissen ebenso gepeinigt, wie die Angehörigen civilisirter Nationen durch Mord und Todtschlag. Auch die Reue ist nicht immer ein rein moralisches Gefühl; oft hat daran der Ärger über das Mißlingen und die erlittene Strafe einen sehr wesentlichen Antheil, die Reue über wirklich gelungene und vor jeder Bestrafung völlig sichere Schandthaten ist eine bei weitem seltnere und blassere Erscheinung. Doch wir verlieren uns hier in die Abgründe der Ethik, in Fragen, die vielleicht nie ganz zum Austrag kommen werden. Sch.'s Verdienst besteht, wie auch in anderen Gebieten der Philosophie, hauptsächlich darin, daß er den Muth hat, jedem Problem ohne alle Rücksicht auf den Leib zu gehen und die Schwierigkeiten, wo sie nicht zu lösen sind, wenigstens ehrlich bloszulegen, anstatt sie, wie Andere thun, zu Gunsten weltlicher oder geistlicher Autoritäten betrügerisch zu vertuschen.

In der zweiten Abhandlung bespricht er das Fundament der Moral und führt daselbst alle Tugenden auf die Nächstenliebe zurück. Seine Ethik ist in dieser Beziehung die wissenschaftliche Begründung der christlichen Liebe. Es liegt ein gewisser Humor des Schicksals darin, daß gerade der unliebenswürdigste Philosoph, der sich nicht genug thun kann im Schimpfen auf die erbärmliche Beschaffenheit von Gesicht, Geist und Herz der allermeisten Menschen, daß gerade der zum wissenschaftlichen Vorkämpfer der Menschenliebe werden sollte. Ja er geht noch über die Menschenliebe hinaus und predigt nach dem Vorgang der in Asien heimischen, namentlich indischen, Religionen Mitleid gegen das Vieh. Er würde selbst alle fleischliche Nahrung perhorresciren — wenn nicht unser Klima leider den Genuß des Fleisches erheischte. Doch sollte man wenigstens die traurige Nothwendigkeit, unser Leben mit dem Tod unserer vierbeinigen Brüder erkaufen zu müssen, dadurch mildern, daß man jeden Ochsen, ehe er geschlachtet wird, chloroformire.

In Sch.'s Moralsystem und seiner Lehre vom Genie liegt, ohne daß er es ausdrücklich ausgesprochen hätte, eine gewisse Beschwichtigung für die häufig erhobene Klage, daß Wissen und Geist den Menschen nicht besser mache. Die Anhäufung von Kenntnissen, namentlich, wenn damit gewisse praktische Zwecke verfolgt werden, veredelt freilich Niemanden; aber die Fähigkeit, in der Anschauung der Welt und in der Produktion genialer Werke sich selbst und alle persönlichen Beziehungen zu vergessen, diese höchste geistige Fähigkeit des Menschen schließt einen gewissen Abscheu gegen die Hetzerei des praktischen Lebens, gegen das Wühlen im Schmutz kleinlicher, egoistischer Zwecke aus und steht in verwandtschaftlichem Verhältniß zu der moralischen Fähigkeit der Aufopferung für das Wohl des Nächsten. So sprossen die zwei schönsten Blüthen der menschlichen Natur, Genie und Nächstenliebe, aus der gemeinsamen Wurzel der Selbstvergessenheit.

Die zweite, auf das Doppelte vermehrte Auflage der Welt a. W. u. V. erschien in der Mitte der vierziger Jahre und blieb unbeachtet, obwohl Frauenstädt in den Blättern für litterarische Unterhaltung darauf aufmerksam machte. Im Anfang der fünfziger Jahre erschienen Sch.'s kleinere Schriften unter dem Titel Parerga und Paralipomena; diese schlugen endlich durch und riefen stellenweise sogar einen gewissen Fanatismus hervor. Eine Recension in der Westminster Review machte den deutschen Denker fashionable, auch in seinem Vaterland, und er wird nicht aufhören es zu sein, denn wie die französische Revue contemporaine treffend von ihm bemerkt: Ce n'est pas un philosophe comme les autres, c'est un philosophe, qui a vu le monde.

Sch.'s kleinere Schriften oder Parerga und Paralipomena bestehen aus einer Sammlung einzelner Aufsätze verschiedenen Inhalts. Zum Theil sind sie wissenschaftlicher Natur und enthalten Nachträge zu einzelnen Kapiteln seines Hauptwerkes nebst Beiträgen zur Geschichte der Philosophie, die sich seiner an das Hauptwerk angeschlossenen und mit staunenswerthem Scharfsinn geschriebenen Kritik der Kantischen Philosophie würdig anschließen. Alle diejenigen, welche Sch., ohne ihn gelesen zu haben, wahrscheinlich im Vertrauen auf einen gewissen prophetischen Instinkt, der Oberflächlichkeit beschuldigen, sollte man zwingen, vor einem versammelten Publikum ein Examen darüber abzulegen, ob sie im Stande sind, jene Kritik nicht etwa an Scharfsinn und Gründlichkeit zu übertreffen, sondern überhaupt nur zu verstehen. Zum andern Theil sind diese Aufsätze nach Inhalt und Behandlung populär gehalten und besprechen alle möglichen Lebensverhältnisse von Religion, Politik, Rechtslehre und Erziehung bis herab zum Tischrücken, Kartenspiel und Peitschenknallen. Am bekanntesten und verrufensten unter diesen populären Abhandlungen ist diejenige über die Weiber. Sch. ist ungalant genug, dem schönen Geschlecht jedes objektive Interesse für Kunst und Wissenschaft abzusprechen und ihm nachzusagen, daß es sich nur für solche Gegenstände interessire, denen es eine persönliche Beziehung abzugewinnen wisse. Soweit dieser Vorwurf trifft, trifft er gleichzeitig auch die überwiegende Majorität des männlichen Geschlechtes. Sie aber, meine Damen, die keine Ursache haben, sich von jener Anklage getroffen zu fühlen, werden den ebenso unglücklichen wie ungalanten Philosophen nicht verketzern, sondern mit mir bedauern, daß ihm die weiblichen Bekanntschaften fehlten, die ihn eines Bessern hätten belehren können. Es ist allerdings richtig, daß keine litterarischen oder künstlerischen Leistungen ersten Ranges von Frauen vorliegen. Doch wird die Zeit es lehren, ob diese Erscheinung wirklich in mangelhafter Begabung ihren Grund hat, oder, wie Fanny Lewald meint, nur auf die lückenhafte technische Vorbildung zurückzuführen ist.

Sehr bedeutsam und eingehend ist Sch.'s Behandlung der religiösen Fragen. Was den moralischen Inhalt des neuen Testamentes betrifft, so haben wir schon oben gesehen, wie seine Ethik sich mit der christlichen Liebe vollkommen deckt, oder deren wissenschaftlicher Ausdruck ist. Selbst die äußerste asketische Consequenz mancher Aussprüche Christi, wie sie sich im Leben der Heiligen darstellt, übt er zwar nicht, aber preist sie unermüdlich und hat sein besonderes Gefallen an denjenigen Stellen der Bibel, in welchen die Erde als ein Jammerthal dargestellt wird, aus welchem erlöst zu werden das größte Glück sei. Ein Marterwerkzeug sei das Symbol des Christenthums wie die Verneinung des Willens zum Leben das Ziel seiner Philosophie.

Dem Dogma gegenüber verhält sich Sch. nach dem Grundsatz: „Die Philosophie ist wesentlich Weltweisheit; sie läßt die Götter in Ruhe, erwartet aber auch von ihnen in Ruhe gelassen zu werden." Das Gebiet des Glaubens ist durch eine scharfe Grenze von dem des Wissens geschieden. Diejenigen Fragen, für welche die Philosophie eine direkte Antwort sucht, ohne sie bisher gefunden zu haben, beantwortet die Religion auf allegorischem, der menschlichen Fassungskraft zugänglichem Wege. Insofern läßt Sch. die christliche Dogmatik nicht nur unangefochten, sondern hat sich um das Verständniß mancher Lehren, z. B. von der Erbsünde und Gnadenwahl, wo er mit den strengeren Theologen, dem Kirchenvater Augustin, Luther und Calvin gegen die Rationalisten übereinstimmt, große Verdienste erworben. In den Schriften der christlichen Mystiker war er bewandert wie Wenige. Mit ergötzlichem Hohn trifft er jene Religionsspötter, die über Alles oberflächlich absprechen, was über ihren hausbackenen Alltagsverstand hinausgeht, und mit der überlegenen Miene eines aufgeklärten commis voyageur darüber lächeln, daß wir zur Hölle verdammt sein sollten, weil unser Stammvater vor mehreren tausend Jahren einen verbotenen Apfel gegessen hat. Auf der anderen Seite wendet er sich gegen diejenigen Theologen, welche eine wörtliche Wahrheit für die Dogmen beanspruchen, denen er selbst nur eine bildliche, der beschränkten Fassungskraft des Menschen angemessene Wahrheit zuerkennt. „Der gemeinsame Irrthum der Rationalisten und der Supranaturalisten ist der, daß sie in der Religion die unverschleierte, trockne, buchstäbliche Wahrheit suchen. Das Christenthum ist eine Allegorie, die einen wahren Gedanken abbildet, aber nicht ist die Allegorie an sich selbst das Wahre. Dies anzunehmen ist der Irrthum, in dem beide Parteien übereinstimmen. Jene wollen die Allegorie als an sich wahr behaupten, diese sie umdeuteln und modeln, bis sie so, nach ihrem Maßstabe, an sich wahr sein könne. Danach streitet denn jede Partei mit treffenden und starken Gründen gegen die andre. Die Rationalisten sagen zu den Supranaturalisten: „Eure Lehre ist nicht wahr." Diese sagen zu jenen: „Eure Lehre ist kein Christenthum." Beide haben Recht. Während aber der Supranaturalismus doch allegorische Wahrheit hat, kann man dem Rationalismus gar keine zugestehn. Wer Rationalist sein will, muß Philosoph sein und sich als solcher von aller Autorität emanzipiren, vorwärts gehn und vor Nichts zurückbeben. Will man aber Theolog sein, so sei man konsequent und verlasse nicht das Fundament der Autorität, auch nicht, wenn sie das Unbegreifliche zu glauben gebietet. Man kann nicht zweien Herren dienen, also entweder der Vernunft oder der Schrift. (Freilich wird auch der orthodoxeste Schriftgläubige nicht Alles wörtlich auffassen können, sondern sich der Sichtung unterziehen müssen zwischen dem, was sensu proprio und was sensu allegorico gemeint ist.) Juste milieu heißt hier, sich zwischen zwei Stühlen niederlassen. Entweder glauben oder philosophiren; was man erwählt, sei man ganz. Aber glauben bis auf einen gewissen Punkt und nicht weiter, und ebenso philosophiren bis auf einen gewissen Punkt und nicht weiter, das ist die Halbheit, welche den Grundcharakter des Rationalismus ausmacht."

Man mag hierin mit Sch. übereinstimmen, oder nicht, jedenfalls wird man die Klarheit und Offenherzigkeit seiner Gesinnung anerkennen müssen, die sich, wie überall, so auch bei Behandlung der religiösen Fragen kund giebt. Darum ist er auch so unversöhnlich gegen die Obskuranten, d. h. diejenigen, welche mit imponirender Feierlichkeit, unter Androhung von irdischen und höllischen Strafen, dem Volke, namentlich den kindlichen Vertretern desselben, einen Glauben einreden wollen, den sie selber nicht theilen. Diese Heuchler vergleicht er mit solchen, welche das Licht auslöschen, um in der Dunkelheit zu stehlen. Die Religion der Obskuranten ist es, von welcher er sagt, sie gleiche darin den Johanniswürmchen, daß sie das Dunkel brauche, um zu leuchten, und verrathe ähnlich manchen politischen Machthabern ihr böses Gewissen durch die harten, über die Spötter verhängten, Strafen. Die Empfindlichkeit gegen den Spott ist allerdings kein günstiges Symptom für die Güte einer Sache. Von Perikles wird nicht erzählt, daß er seine Amtsgewalt gebraucht habe als Waffe gegen die Angriffe der Lustspieldichter; die Majestät seines Namens aber ist durch die großmüthig verziehenen Schmähungen nur erhöht worden; Cleon dagegen, des großen Staatsmannes unsaubere Holzschnittkarikatur, suchte, gepeinigt von der Empfindlichkeit des bösen Gewissens, dem Aristophanes durch Prügel und Processe den spottenden Mund zu stopfen; zur Strafe lebt er noch heute in den unsterblichen Versen des genialen Komikers als das ergötzliche Musterbild aller plumpen Emporkömmlinge, wie sie dem Tyrannenwahnsinn fast noch sicherer verfallen als mancher geborne, in traditioneller Pöbelverachtung aufgezogene, Herrscher.

Am Morgen des 21ten September 1860 starb Sch. einsam, wie er gelebt, nach kurzer Krankheit an einer Lungenentzündung. Er hatte, wie Gwinner erzählt, immer gehofft, leicht zu sterben; denn wer sein Leben lang einsam gewesen sei, werde sich auf dies solitäre Geschäft besser verstehn als Andere. Noch am Abend vorher hatte er seine Freude ausgesprochen über die durchschlagende Wirkung der Parerga, aber dabei geäußert, es sei doch erbärmlich, wenn er jetzt sterben müsse, wo er noch so wichtige Zusätze zu seinem Buch zu machen habe. Doch tröstete er sich hierüber mit den von allen Seiten einlaufenden Beweisen, daß seine Lehren „als Religion anschlugen" und den leergewordenen Platz des Glaubens einnehmend Manchem zur Quelle innerer Befriedigung wurden. Es mag Ihnen sonderbar erscheinen, wie Jemand in der Philosophie des ausgesprochensten Nihilismus Befriedigung finden kann. Und doch liegt allerdings ein gewisser Trost in der trostlosen Überzeugung, nicht zur Freude, sondern zum Leiden geboren zu sein; denn diese Lebensanschauung enthebt

6*

uns mit Einem Schlage dem täglich erneuerten Schmerz getäuschter Illusionen und läßt uns jede kleine Freude als eine unverdiente Unterbrechung der traurigen Regel dankbar genießen.

Als Sch.'s Arzt am Morgen seines letzten Tages in das Zimmer trat, fand er ihn todt in der Sophaecke lehnen, nachdem ihn seine Haushälterin noch kurz vorher ohne Ahnung seines nahen Endes verlassen hatte. Fünf Tage später ist er begraben worden; so hatte er es aus Furcht vor dem Scheintod angeordnet. Auf seinen Grabstein wurden seinem Wunsche gemäß nur die zwei Worte gesetzt: Arthur Schopenhauer. Er hatte Recht, daß er sich alles Weitere verbat; denn für den Eingeweihten hätte die beredteste Lobrede nicht mehr gesagt, als jener Name, den Uneinweihten aber ebenso kalt gelassen. Auf die Frage, an welcher Stelle er beigesetzt sein wolle, hatte er geantwortet: „Es ist einerlei, sie werden mich finden."

Ja, wohl, sie werden Dich finden. So lange es noch Menschen giebt, die sich aus dem Staub und Schweiß der Rennbahn nach Geld und Ehre zu erheben vermögen in den reinen Äther uninteressirter Erkenntniß, so lange noch Herzen schlagen, in denen die trauten Klänge unserer deutschen Sprache einen Wiederhall finden, so lange wird eine vielleicht kleine aber dankbare Gemeinde nach dem Grabe des Mannes wallfahrten, welcher der Philosophie gelehrt hat, deutsch zu reden.

Ich schmeichle mir nicht mit der Hoffnung, diese Gemeinde durch meine schwachen Worte wesentlich vergrößert zu haben; aber es sollte mir sehr leid thun, wenn es mir nicht wenigstens gelungen wäre, den anonymen Schauder zu überwinden, welcher mit Sch.'s Namen theils in Folge mangelhafter Kenntniß, theils absichtlicher Verleumdung vielfach verbunden zu sein pflegt.

Er war allerdings, wie er selber gestand, keiner von den Heiligen, in deren Biographien er sich so gern versenkte; in mancher Beziehung trennt ein häßlicher Spalt seine Lehre und sein Leben. Er speiste im ersten Hotel Frankfurts und predigte ascetische Abwendung von den Genüssen des Lebens; er lehrte die Jämmerlichkeit des

Daseins und seiner Güter verachten und fürchtete sich ängstlich vor dem Verlust derselben. Von dem guten Herzen, das er in so schönen Worten preist, lassen sich in seinen Handlungen — die etwas abstrakte Bethätigungsform regelmäßiger Almosen abgerechnet — wenig Spuren finden. Nun wohl, wer nie anders gehandelt als gedacht und gesprochen hat, der werfe den ersten Stein auf ihn. Wir andern Sünder aber wollen bekennen, daß man für die höchsten Interessen des Lebens aufrichtig schwärmen kann, ohne deßhalb nach dem philiströsen Beispiel des Puritaners Malvolio den Torten und dem Wein gänzlich zu entsagen. Wir wollen nicht vergessen, daß unserem Philosophen von Haus aus der Boden entzogen war, auf welchem die Nächstenliebe am natürlichsten erwächst und von dem aus sie sich über immer weitere Kreise verbreitet, ich meine den gesegneten Boden eines glücklichen Familienlebens. Wir sahen oben, daß ihm dieser Segen versagt blieb; und wer von uns glücklicher ist, wird ihn nicht verdammen, sondern ihm das französische Sprüchwort zu Gute kommen lassen: Le malheureux est innocent. Er hätte wohl mit König Lear von sich sagen können: „Ich bin ein Mann, an dem mehr gesündigt worden ist, als er gesündigt hat." Er ist zwar nicht der einzige Hochbegabte, dessen Leben sich im Kummer über die stumpfe Apathie des Publikums verzehrt hat, aber vielleicht der Einzige, welcher die genialen Produkte eines ehrlichen Strebens nach Wahrheit von der eigenen Mutter ohne Theilnahme aufgenommen sah. Es ist endlich kein Zweifel, Spinoza hat das ähnliche Schicksal des Brachliegens einer großen Geisteskraft größer und philosophischer getragen als Schopenhauer; er hat nicht wie dieser geschimpft; in Spinoza's Werken herrscht jene „tiefe Meeresstille des Gemüthes", die Goethe so sympathisch empfand und die auch Sch. mit beredten Worten schildert, ohne sie jedoch selbst festhalten zu können. Sein gemißhandeltes Selbstgefühl bäumte sich wild auf gegen die ihm widerfahrende unwürdige Behandlung und ließ ihn selten zur Ruhe kommen; auch in ihm war der Wille oft stärker als der Intellekt, und sein geistvolles Auge sah dann durch eine allzu schwarze

Brille. Darum hinterlassen die meisten seiner Werke trotz ihres Reichthums an Gedanken und der klassischen Vollendung des Stiles keinen ganz freien und wohlthuenden Eindruck. Wohl kann man auch von ihnen wie von den Reden des Perikles sagen, daß sie den Stachel zurücklassen in dem Herzen des Hörenden; aber es ist nicht jener belebende Stachel, der die erschlaffte Energie der Athenienser zu immer neuen Großthaten antrieb; der Stachel von Sch.'s Beredtsamkeit verwundet den tiefsten Kern aller Lebenslust und läßt das Herz sich matt und krank abwenden von dem erfolglosen Spiel menschlicher Bestrebungen. Wohl denen, die im ehrlichen Glauben an eine jenseitige Lösung der Widersprüche des irdischen Daseins Trost finden gegen die Übel der Welt und Rettung vor den verzweifelten Consequenzen des Schopenhauerschen Nihilismus. Wohl Allen, welche Temperament und Erfahrung nicht einseitig in den Jammer des Erdenlebens sich vergrübeln läßt, sondern ein holder Leichtsinn sanft hinweghebt über die finsteren Abgründe des Unerforschlichen und des Unabwendbaren! Aber wie Sch.'s Pessimismus einseitig genannt werden muß, so ist auch die entgegengesetzte Lebensanschauung einseitig. Dadurch, daß man die Augen zudrückt vor dem Unerfreulichen in der Natur der Dinge und Menschen, schafft man dasselbe nicht aus der Welt, noch erklärt man seine Nothwendigkeit. Kein Sterblicher erschöpft die ganze volle Wahrheit. Es ist genug, wenn Jeder das ehrlich ausspricht, was ihm als Wahrheit erscheint. Und in dieser Beziehung hat Sch. wirklich als Philosoph gelebt. Es hat ihm noch Niemand nachweisen können, daß er jemals der Wahrheit aus dem Weg gegangen sei oder die Grenzen seines forschenden Geistes durch dunkele, vornehm klingende, Redensarten zu verkleistern gesucht habe. Deßwegen liegen manche Lücken und Widersprüche seines Systems so naiv und offen zu Tage, daß wenig Scharfsinn dazu gehört, sie zu entdecken. Was deßhalb die wissenschaftliche Unfehlbarkeit seiner Lehre oder den Schein derselben beeinträchtigt, gereicht seinem Charakter zur höchsten Ehre. Schon dem Knaben ertheilte die Mutter das rühmliche

Zeugniß, sie habe aus seinem Munde nie eine Lüge gehört. Der Mann und Schriftsteller hat gehalten, was der Knabe versprochen hatte. Jede Seite seiner Werke beweist den Abscheu des ehrlichen Denkers vor dem sich Weglügen und feigen Wegduseln über die Schwierigkeiten, oder gar dem absichtlichen Vertuschen derselben. Ein schöner Beweis seiner Wahrheitsliebe ist auch die Thatsache, daß er seinen Verleger contraktlich verpflichtete, bei der Anzeige seines Hauptwerkes sich jeder Reklame zu enthalten. So möge denn dem stolzen Verächter alles gemachten Rufes immer mehr der verdiente Ruhm zu Theil werden, welcher sich früher oder später, aber unausbleiblich und ohne äußeres Zuthun an die Fersen der ächten Größe heftet; möchte zur Beschämung der scharfsinnigen Tadler von Sch.'s sogenannter Oberflächlichkeit immer allgemeiner sich die Überzeugung verbreiten, daß er ein Recht hatte, seine Philosophie in folgenden selbstbewußten Worten zu charakterisiren:

„Als den eigenthümlichen Charakter meines Philosophirens darf ich anführen, daß ich überall den Dingen auf den Grund zu kommen suche, indem ich nicht ablasse, sie bis auf das letzte real Gegebene zu verfolgen. Dies geschieht vermöge eines natürlichen Hanges, der es mir fast unmöglich macht, mich bei irgend noch allgemeiner und abstrakter, daher noch unbestimmter Erkenntniß, bei bloßen Begriffen, geschweige bei Worten zu beruhigen; sondern mich weiter treibt, bis ich die letzte Grundlage aller Begriffe und Sätze, die allemal anschaulich ist, nackt vor mir habe, welche ich dann entweder als Urphänomen stehn lassen muß, wo möglich sie aber noch in ihre Elemente auflöse, jedenfalls das Wesen der Sache bis aufs Äußerste verfolgend. Dieserwegen wird man einst (natürlich nicht, so lange ich lebe) erkennen, daß die Behandlung desselben Gegenstandes von irgend einem frühern Philosophen, gegen die meinige gehalten, flach erscheint. Daher hat die Menschheit Manches, was sie nie vergessen wird, von mir gelernt, und werden meine Schriften nicht untergehen."